LA DAME AU PORTRAIT

Rosamunde Pilcher

LA DAME AU PORTRAIT

FRANCE LOISIRS
123, boulevard de Grenelle, Paris

Titre original : *The Day of the Storm*
Traduit par Francine Siety

Une édition du Club France Loisirs, Paris,
réalisée avec l'autorisation des Presses de la Cité

ISBN 2-7242-8926-9

1

Tout commença fin janvier ; un lundi maussade de cette époque de l'année où Noël et le Nouvel An sont déjà oubliés, mais où la belle saison n'a pas encore montré le bout de son nez. Par ce froid hivernal, les magasins de Londres regorgeaient d'espoirs déçus et de tenues de croisière. Dans le parc, les squelettes des arbres se découpaient sur un ciel bas. On pouvait à peine se figurer que l'herbe terne et racornie serait bientôt recouverte d'un tapis de crocus violets et jaunes.

Un jour comme tant d'autres... Quand la sonnerie du réveil a retenti, j'ai ouvert les yeux dans l'obscurité — ou plutôt le clair-obscur, car ma large baie sans rideaux laissait filtrer la lueur orange diffuse des lointains réverbères. La cime d'un platane se profilait derrière les vitres.

Ma chambre n'était pas encore meublée, à l'exception du canapé sur lequel je dormais la nuit et d'une table de cuisine que je comptais décaper, puis passer à la cire d'abeille, dès que j'en aurais le temps. Le plancher était nu, et des étagères couraient le long des murs. Un cageot d'oranges faisait office de table de nuit, un autre me tenait lieu de siège.

Je tendis la main pour allumer. Ce spectacle affligeant me comblait de joie. J'étais chez moi pour la première fois... J'avais emménagé trois semaines plus tôt et j'étais seul maître à bord. Je pouvais agir selon mon bon plaisir. Coller des affiches sur les murs blancs ou les peindre en jaune d'or. Poncer le plancher, ou le couvrir de rayures bariolées. Je m'intéressais déjà à la brocante et aux magasins d'antiquités, dont je dévorais des yeux les vitrines, dans l'espoir de dénicher je ne sais quel trésor à un prix abordable. C'est ainsi que la table était entrée en ma possession, et j'avais repéré un miroir ancien, au cadre doré ; mais je n'avais pas encore trouvé le courage de m'aventurer dans la boutique pour demander son prix. Il aurait peut-être sa place sur la cheminée, ou face à la fenêtre, pour que le ciel et l'arbre se reflètent comme un tableau dans son cadre ouvragé.

Cette agréable rêverie risquait de s'éterniser. Après un second coup d'œil à mon réveil, j'ai bondi hors du lit. Pieds nus, j'ai fait les quelques pas qui me séparaient de la minuscule cuisine et j'ai mis l'eau à bouillir. Une nouvelle journée venait de débuter.

L'appartement se trouvait à Fulham, au dernier étage d'une petite maison — accolée aux maisons voisines — qui appartenait à Maggie et John Trent. J'avais fait leur connaissance pendant la soirée de Noël ; soirée passée avec Stephen Forbes, sa femme Mary et leurs diables d'enfants, dans leur grande maison pleine de vie et de pagaille de Putney. Stephen Forbes était mon patron et le propriétaire de la librairie de Walton Street où je travaillais depuis un an. J'avais déjà eu maintes fois l'occasion d'apprécier sa gentillesse à mon égard. Lorsqu'ils avaient appris, par l'une de mes collègues, que je serais seule à Noël, Mary et lui m'avaient proposé — ou plutôt intimé l'ordre — de venir passer trois jours chez eux. Il y avait plus de place qu'il n'en faut, m'avait dit Stephen ; une pièce au grenier, un lit dans la chambre de Samantha. On improviserait, n'est-ce pas ! Et je pourrais aider Mary à préparer la dinde ou à remettre un peu d'ordre dans la maison après les festivités.

Convaincue par cet argument, je finis par accepter leur invitation et je n'eus qu'à m'en féliciter. Rien de tel qu'un Noël en famille avec un essaim d'enfants bruyants, des cadeaux, des papiers froissés, et un sapin illuminé, couvert de babioles faites à la maison !

Le soir du réveillon, une fois les enfants au lit, les Forbes avaient organisé une petite soirée « pour adultes », bien que nous ayons continué avec des jeux quelque peu juvéniles. C'est à cette occasion que je rencontrai Maggie et John Trent, de jeunes mariés. Maggie — la fille d'un professeur que Stephen avait bien connu lorsqu'il étudiait à Oxford — était une jeune femme gaie et rieuse, dont la seule présence rendait la soirée plus animée. On nous présenta, mais nous fîmes réellement connaissance un peu plus tard, pendant un jeu de charades. Nous étions assises côte à côte sur le canapé, et il fallait deviner, d'après les gestes plutôt incohérents de Mary, le titre d'un film.

— *Rose Marie !* lança quelqu'un, sans raison apparente.

— *Orange mécanique !*

Affalée sur le canapé, Maggie alluma une cigarette avec une mine déconfite.

— J'abandonne ! grommela-t-elle. (Puis elle tourna vers moi sa tête brune.) Vous travaillez à la librairie de Stephen, n'est-ce pas ?

— En effet.

— Je passerai la semaine prochaine pour échanger tous les tickets-cadeaux que j'ai reçus à Noël. Des dizaines !

— Vous en avez, de la chance !

— Nous venons d'emménager, et je veux des tas de bouquins à poser sur la table basse, pour montrer à tous nos amis comme je suis cultivée...

A cet instant, quelqu'un cria : « Maggie, à ton tour ! » « Sapristi ! », grogna-t-elle, puis elle alla d'un air digne piocher un papier indiquant le titre qu'elle devait mimer. Je n'en garde pas un souvenir précis, mais sa manière de faire le pitre me la rendit sympathique et je me dis que j'aimerais bien la revoir.

Tenant parole, elle fit irruption dans la librairie, quelques jours après les vacances. Elle portait un manteau en daim et une longue jupe violette. D'un sac à main plein à craquer, elle sortit une liasse de tickets-cadeaux. A ce moment précis, il n'y avait pas d'autres clients et je m'affairais derrière une pile de romans à la couverture en papier glacé.

— Quelle chance, tu es là ! s'écria-t-elle en me voyant surgir. Peux-tu m'aider ?

— Très volontiers.

Ensemble, nous avons choisi un livre de cuisine, une nouvelle autobiographie qui défrayait la chronique, et un ouvrage fabuleusement cher sur la peinture impressionniste — destinés à trôner sur sa fameuse table basse. Comme le prix dépassait légèrement le total de ses tickets-cadeaux, elle a sorti son carnet de chèques pour régler la différence.

— John sera furieux, me confia-t-elle en riant, tandis qu'elle écrivait le chiffre au feutre rouge. (Ce rouge ressortait gaiement sur le fond jaune du chèque.) Il me trouve beaucoup trop dépensière !

Puis elle nota son adresse au dos, en la lisant à haute voix au cas où je n'aurais pas pu déchiffrer son écriture.

— 14 Bracken Road, SW6. Ma nouvelle adresse ! Nous venons de nous installer, et je suis encore tout excitée. La maison nous appartient, ça paraît trop beau pour être vrai. Mes beaux-parents ont versé le dépôt de garantie, et John a obtenu un emprunt. Naturellement, nous devrons louer un étage pour boucler nos fins de mois, mais je pense que nous n'aurons pas de problèmes. Il faudra venir nous voir...

— Avec plaisir.

Elle me regardait emballer les livres en repliant soigneusement le papier dans les coins.

— Ça ne se fait pas, mais pourrais-je te demander ton nom de famille ? Tu t'appelles Rebecca...

— Rebecca Bayliss.

— Eh bien, Rebecca Bayliss, connais-tu une personne aimable et paisible qu'un appartement à louer non meublé pourrait intéresser ?

J'ai levé les yeux et nous nous sommes comprises aussitôt. J'ai murmuré : « Moi ! », en nouant la ficelle autour du paquet.

— Tu cherches un appartement ? s'est étonnée Maggie.

— Oui, depuis que tu m'as posé cette question...

— Il y a une chambre et une cuisine ; il faudra partager la salle de bains avec nous.

— Si tu n'y vois pas d'inconvénient, moi non plus. A condition que le loyer soit dans mes prix.

Maggie m'a dit un chiffre, et, après un rapide calcul, je lui ai donné mon accord.

— As-tu des meubles ? m'a-t-elle demandé.

— Non, je partageais un appartement meublé avec deux amies ; mais je vais en acheter.

— On dirait que tu meurs d'envie de déménager.

— Je rêve surtout d'être indépendante.

— Avant de te décider, viens donc y jeter un coup d'œil un de ces soirs. Nous travaillons toute la journée, John et moi.

— Et pourquoi pas ce soir ?

— D'accord ! répondit Maggie, en riant de mon impatience.

Elle prit son paquet de livres et elle se préparait à partir lorsque la panique me saisit.

— Je... Je ne connais pas ton adresse...

— Mais si, voyons, elle est au dos du chèque. Prends l'autobus numéro 22. Je t'attends vers 7 heures.

— Promis, j'y serai.

Dans l'autobus qui descendait Kings Road en cahotant, je m'efforçais sagement de modérer mon enthousiasme. Je ne savais rien de cet appartement, qui serait sans doute une mauvaise affaire — trop grand, trop petit, ou totalement invivable pour une raison ou une autre. Je m'attendais à être déçue, et, à vrai dire, la petite maison n'avait rien de remarquable, vue de l'extérieur. Elle s'insérait dans une rangée de villas en brique rouge, avec des portes rococo et une quantité affligeante de vitraux. Mais, à l'intérieur, le numéro 14 était resplendissant avec ses murs fraîchement repeints et ses moquettes neuves. Maggie m'attendait, vêtue d'un jean usé et d'un pull bleu.

— Désolée, je ne suis pas présentable ! Je me change en rentrant du bureau pour faire le ménage.

Viens, je vais te montrer... Pose ton manteau sur la rampe. John n'est pas encore là, mais je lui ai annoncé ta visite. Il trouve que c'est une idée géniale...

Je la suivis dans l'escalier en écoutant son bavardage incessant. Au premier étage, elle me fit pénétrer dans une pièce inoccupée, à l'arrière de la maison, et elle alluma.

— C'est orienté plein sud, avec vue sur un petit parc. Les anciens propriétaires ont agrandi le rez-de-chaussée, dont le toit forme une sorte de balcon.

Elle ouvrit une porte vitrée. Dehors, la nuit était glaciale. Une odeur de feuilles et de terre mouillée venait du parc, et l'obscurité m'apparut comme encadrée par la lumière des rues avoisinantes. Une rafale de vent s'éleva soudain. Il y eut un frémissement dans la forme noire du platane — mais son murmure se perdit dans un bourdonnement de moteur, car un avion passait au-dessus de nous.

— On se croirait à la campagne !

— Et maintenant, continuons la visite avant d'être gelées, proposa Maggie en frissonnant.

Après avoir franchi à nouveau la porte vitrée, elle me montra la kitchenette, installée dans un profond placard, et, à mi-étage, la salle de bains commune. Pour finir, elle m'entraîna au rez-de-chaussée, dans un vaste salon où régnait un sympathique désordre. Elle apporta une bouteille de sherry et des chips — rances selon elle, mais qui me parurent excellentes.

— Alors, toujours d'accord ? demanda-t-elle.

— Plus que jamais.

— Quand souhaites-tu emménager ?

— Dès que possible. Peut-être la semaine prochaine.

— Que vont dire les amies avec qui tu habites en ce moment ?

— Elles trouveront quelqu'un pour me remplacer. L'une d'elles a une sœur qui doit venir à Londres ; elle prendra sans doute ma chambre.

— Et les meubles ?

— Je me débrouillerai.

— Je suppose, dit Maggie avec assurance, que tes parents feront des merveilles. Quand je suis arrivée à Londres, maman m'a donné des trésors découverts au fond du grenier et de l'armoire à linge. C'est toujours comme ça... (Surprise de ne pas trouver d'écho, elle se tut subitement.) Je recommence à ouvrir la bouche à tort et à travers, reprit-elle avec un sourire gêné. Pardonne-moi si j'ai manqué de tact.

— Je n'ai pas de père, et ma mère s'est installée aux Baléares, à Ibiza. Voilà pourquoi je souhaite avoir un appartement pour moi seule.

— Désolée ! J'aurais dû m'en douter, puisque tu as passé Noël avec les Forbes.

— On ne peut pas tout deviner.

— Ton père est mort ?

Elle était curieuse, indiscutablement. Mais d'une manière si ouverte et si amicale qu'il me sembla ridicule de rester muette, comme je l'étais d'habitude lorsqu'on m'interrogeait sur ma famille.

— Non, répondis-je d'un air détaché. Je pense qu'il vit à Los Angeles. Il est acteur et ma mère a fait une fugue avec lui quand elle avait dix-huit ans. Il s'est vite lassé de la vie conjugale. Sa carrière avant tout, je suppose ! Au bout de quelques mois, il a fait ses valises. Je suis née après son départ.

— C'est affreux !

— Oui, sans doute, mais je n'ai aucun regret. Ma mère ne me parlait jamais de lui. Ce n'est pas de l'amertume de sa part. Pour elle, le passé est le passé, et généralement elle l'oublie. Elle ne s'intéresse qu'à l'avenir, et toujours avec un parfait optimisme.

— Qu'a-t-elle fait après ta naissance ? Est-elle rentrée chez ses parents ?

— Non, jamais.

— Alors, personne ne lui a envoyé de télégramme disant : « Reviens, nous te pardonnons ! » ?

— Honnêtement, je ne sais pas.

— Il a dû y avoir une scène terrible au moment de son départ, mais tout de même...

Maggie semblait songeuse. Apparemment, elle était incapable d'admettre une situation que j'avais acceptée toute ma vie avec sérénité.

— Comment des parents peuvent-ils faire une chose pareille à leur propre fille ? reprit-elle.

— Je n'en ai pas la moindre idée.

— Tu n'as jamais eu envie d'en savoir plus ?

— Non, vraiment.

— Tu ne connais pas tes grands-parents ?

— J'ignore tout à leur sujet ! Je ne sais même pas s'ils sont encore en vie...

— Ta mère ne t'a donc jamais rien raconté ?

— Des broutilles sans importance... Quelques souvenirs de jeunesse, comme toutes les mères en racontent à leurs enfants.

— Bayliss... (Maggie fronça les sourcils.) Ce nom n'est pas très courant, et il me dit quelque chose. Et pourtant je ne vois pas pourquoi. As-tu une idée sur la question ?

Sa véhémence m'amusait.

— Tu parles comme si je tenais à en savoir plus. Mais ça ne m'intéresse pas du tout ! Quand on n'a jamais connu ses grands-parents, ils ne vous manquent pas.

— Tu ne te demandes même pas... où ils vivaient ?

— Ils vivaient en Cornouailles, dans une maison de pierre, entourée de champs qui descendaient jusqu'à la mer. Je sais que ma mère avait un frère, appelé Roger, qui a été tué pendant la guerre.

— Qu'a-t-elle fait après ta naissance ? Je suppose qu'elle a cherché à travailler.

— Non, elle avait un peu d'argent. Un héritage d'une tante. Bien sûr, nous n'avons jamais eu de voiture ni rien de superflu, mais nous vivions correctement. Nous habitions Kensington, dans le sous-sol d'une maison qui appartenait à des amis. Quand j'ai eu huit ans, elle m'a envoyée en pension, et ensuite nous avons beaucoup... bourlingué.

— Les pensions coûtent cher...

— Ce n'était pas une pension très chic.

— Ta mère ne s'est jamais remariée ?

Maggie me regardait avec des yeux brûlants de curiosité, mais elle m'était sympathique. Au point où nous en étions, pourquoi lui aurais-je refusé de plus amples informations ?

— Elle n'était pas particulièrement... attirée par le mariage. Mais quelle femme séduisante ! Elle avait toujours un soupirant à ses pieds. Quand je suis allée en pension, elle n'a plus eu aucune raison de se modérer. Je ne savais jamais à l'avance où nous allions passer les prochaines vacances. Une fois en Provence, une autre en Angleterre, sans oublier un Noël à New York.

Maggie fit la grimace.

— Pas drôle pour toi !

— Mais très éducatif... (J'avais appris depuis longtemps à plaisanter de cette époque de ma vie.) Pense à tous ces endroits extraordinaires où j'ai vécu. A Paris, au Ritz ; mais aussi dans une maison glaciale du Denbighshire — chez un poète qui s'était lancé dans l'élevage des moutons. J'ai été enchantée quand leur liaison a pris fin.

— Ta mère doit être une beauté !

— Non, mais les hommes ne lui résistent pas. Elle est gaie, imprévisible, et, à mon avis, totalement amorale. Elle rit de tout : d'un sac perdu, d'une lettre à laquelle elle a oublié de répondre... Un rien l'amuse, et elle n'a le sens ni de l'argent ni du devoir. Une femme avec qui la vie n'est pas de tout repos...

— Que fait-elle à Ibiza ?

— Elle était allée rejoindre un couple d'amis, et elle a fait la connaissance d'un Suédois. Tout de suite après, elle m'a annoncé qu'elle s'installait chez lui. Un homme terriblement nordique et austère, mais il a une maison magnifique... C'est ce qu'elle m'a écrit !

— Tu ne l'as pas vue depuis combien de temps ?

— Environ deux ans. A dix-sept ans, j'ai décidé de voler de mes propres ailes : j'ai suivi des cours de secrétariat, et, après quelques emplois temporaires, Stephen Forbes m'a engagée dans sa librairie.

— Ça te plaît ?

— Oui, beaucoup.

— Quel âge as-tu ?

— Vingt et un ans.

Maggie rejeta en souriant ses longs cheveux en arrière. Elle semblait impressionnée, et même légèrement envieuse.

— Quelle vie tu as menée ! A vingt et un ans, j'étais une jeune mariée rougissante, sanglée dans une stupide robe blanche, avec un voile qui sentait la naphtaline. Je ne suis pas spécialement vieux jeu, mais j'ai une mère que j'aime beaucoup. J'ai toujours cherché à lui faire plaisir...

— Il faut de tout pour faire un monde, répondis-je platement, en imaginant la mère de Maggie.

A cet instant, la clef de John tourna dans la serrure, et il ne fut plus question de nos familles ou de nos mères.

C'était un jour comme tant d'autres, à une petite exception près : comme j'avais travaillé tard, le jeudi précédent, pour aider Stephen à terminer l'inventaire de janvier, il m'avait donné une matinée de congé. J'étais donc libre de vaquer à mes affaires jusqu'à l'heure du déjeuner. Mon ménage me prit à peine plus d'une demi-heure ; je fis ensuite quelques courses, sans oublier un petit détour par la blanchisserie. A 11 h 30, libérée de toutes ces corvées ménagères, je pris mon manteau et je sortis d'un pas alerte, avec l'intention d'effectuer une partie du trajet à pied et de grignoter un léger repas avant de me mettre au travail.

Il faisait froid et humide ; on aurait dit que le jour ne parviendrait jamais à percer. Après avoir remonté New Kings Road, je me suis dirigée vers l'ouest. J'avais l'impression de connaître toutes ces boutiques qui vendent soit des antiquités, soit des lits et des cadres d'occasion. Soudain l'une d'elles, que je n'avais jamais remarquée, attira mon attention. L'extérieur était peint en blanc, les vitrines encadrées de noir, et un vélum à rayures avait été tendu en prévision d'un crachin imminent.

Intriguée, j'ai levé les yeux et j'ai lu : « TRISTRAM NOLAN », en grandes lettres d'imprimerie noires, au-dessus de la porte. De chaque côté, les vitrines débordaient d'un charmant bric-à-brac. Debout sur le trottoir, j'ai examiné leur contenu, à la lumière des nombreuses lampes qui brillaient à l'intérieur. Il y avait surtout des meubles victoriens restaurés et cirés : un profond canapé capitonné, une boîte à ouvrage et un coussin de velours avec une broderie représentant des chiens enrubannés.

J'ai jeté un coup d'œil au fond du magasin, et c'est alors que j'ai aperçu les deux chaises en merisier. Deux chaises au dossier arrondi et aux pieds galbés, dont la tapisserie était ornée de roses...

Aussitôt, je n'eus plus qu'une idée en tête : les acheter. Elles avaient leur place dans mon appartement ! Ce n'était pas une brocante, et le prix risquait de dépasser mes moyens financiers ; mais je pouvais tout de même me renseigner. Après un instant d'hésitation, j'ai trouvé le courage de pousser la porte et d'entrer.

En pénétrant dans le magasin désert, j'avais déclenché une sonnerie. J'entendis un bruit de pas dans l'escalier, et quelqu'un tira le rideau de lainage qui masquait l'arrière-boutique.

Je m'attendais sans doute à un personnage imposant, d'une élégance en harmonie avec le décor. L'homme qui apparut ne répondait pas du tout à ce signalement : jeune et svelte, il avait de longues jambes moulées dans un jean délavé qui lui collait à la peau. Les manches retroussées de son blouson de jean, également usé et délavé, laissaient apparaître les poignets d'une chemise à carreaux. Un foulard de coton noué autour du cou et des mocassins ornés de nombreuses franges complétaient son accoutrement de cow-boy.

Cet hiver-là, toutes sortes de gens déambulaient à Londres dans cette tenue. Mais cet individu avait vraiment l'air de surgir du Far West... Nous nous sommes dévisagés un instant, puis il m'a adressé un sourire qui m'a prise au dépourvu. Comme je déteste cette sensation, je lui ai dit bonjour avec une certaine réserve.

Il a laissé retomber le rideau derrière lui et il s'est approché d'une démarche légère. Dès qu'il a ouvert la bouche, j'ai compris que je m'étais trompée en le prenant pour un Américain pur-sang ; cette découverte m'a contrariée. Ma vie avec ma mère m'avait appris à me méfier des hommes, et surtout des frimeurs. A coup sûr, ce jeune homme en était un !

— Je... Je voulais me renseigner au sujet de ces deux petites chaises au dossier arrondi, ai-je balbutié.

— Ces deux-là ?

Il s'avança d'un pas pour poser la main sur le dossier de l'une d'elles — une longue main aux doigts fuselés et à la peau mate. Je gardais les yeux fixés sur les chaises, en m'efforçant d'ignorer sa présence.

— Combien coûtent-elles ?

Il s'agenouilla pour les examiner et réfléchir à un prix convenable, et je vis ses cheveux sombres et lustrés, frôlant le col de sa chemise.

— Vous avez de la chance, dit-il en se relevant brusquement. Elles ne sont pas chères, car l'une d'elles a eu un pied cassé, qui n'a pas été réparé par un professionnel. (Sa haute taille me surprit. Il me fixait de ses yeux bruns en amande, dont l'expression me mit mal à l'aise. Mon antipathie pour lui se muait en une véritable aversion.) Mais si vous acceptez d'attendre et de payer un peu plus cher, je peux faire consolider ce pied et le recouvrir d'un léger vernis. Ça sera à la fois plus solide et plus joli.

— On ne peut pas les laisser telles quelles ?

— Aucun problème, à condition de ne pas inviter à dîner un homme... un peu corpulent. Il risquerait fort de se retrouver à terre !

J'ai gardé le silence et je l'ai observé avec froideur — du moins, je l'espère. Une étincelle malicieuse brillait dans ses yeux, mais je n'avais pas l'intention de partager son hilarité. N'avait-il pas insinué que seul un homme « un peu corpulent » pourrait venir dîner à ma table ?

— Combien me demandez-vous pour réparer le pied ? demandai-je enfin.

— Cinq livres, ce qui vous fait dix livres la chaise.

— Marché conclu, répondis-je après m'être livrée à un rapide calcul.

Les poings sur les hanches, il me souriait d'un air aimable, comme si l'affaire était réglée.

Surprise par son manque d'à-propos, je l'ai questionné :

— Dois-je vous payer tout de suite ou verser des arrhes ?

— C'est inutile, vous payerez quand vous viendrez les chercher.

— Quand seront-elles prêtes ?

— Dans une semaine environ.

— Je peux vous donner mon nom.

— Pas besoin, à moins que vous n'insistiez.

— Et si je ne reviens pas ?

— Dans ce cas, nous trouverons toujours preneur.

— Je tiens à ces chaises !

— Soyez sans crainte, nous vous les réservons.

Décontenancée, j'ai suivi le jeune homme jusqu'à la porte, qu'il m'a ouverte en souriant. Une bouffée d'air froid est entrée dans le magasin. Dehors, une pluie fine commençait à tomber et il faisait aussi sombre qu'en pleine nuit.

Quand il m'a dit au revoir, j'ai répondu par un sourire glacé avant de plonger dans les ténèbres. La sonnerie a retenti lorsque la porte s'est refermée derrière moi.

Cette journée me semblait, tout à coup, effroyable. Mon irritation me gâchait tout le plaisir que j'avais eu en achetant les chaises. Il m'arrivait rarement de réagir ainsi, et j'étais contrariée autant par mon antipathie à l'égard de cet individu que par mon inhabituelle vulnérabilité. Broyant toujours du noir, j'ai longé Walton Street jusqu'à la librairie de Stephen Forbes. Le sentiment d'être à l'abri et l'agréable odeur de papier et d'encre d'imprimerie n'ont en rien atténué ma mélancolie.

Le magasin s'étend sur trois niveaux : les nouveautés au rez-de-chaussée, les livres d'occasion et les ouvrages anciens au premier étage, le bureau de Stephen au sous-sol. Ma collègue, Jennifer, servait un client ; et la seule autre personne visible était une vieille femme en pèlerine de tweed, plongée dans des ouvrages de jardinage. Je me dirigeais vers le vestiaire, en déboutonnant mon manteau, lorsque je reconnus le bruit des pas de Stephen dans l'escalier. Spontanément, je m'arrêtai pour l'attendre, et je le vis apparaître, grand et voûté, avec ses éternelles lunettes et son air affable. Il portait, selon son habitude, un costume sombre, auquel un bon repassage n'aurait pas fait de mal. Malgré l'heure matinale, le nœud de sa cravate commençait à se desserrer, laissant apparaître son bouton de col.

— Rebecca...

— Oui, j'arrive...

Il s'approcha de moi, en parlant à voix basse, sans doute pour ne pas déranger les clients.

— Je suis bien content de te voir : il y a une lettre pour toi en bas. On te l'a fait suivre depuis ton ancien appartement. Descends vite la chercher !

— Une lettre ? répondis-je en fronçant les sourcils.

— Oui. Par avion, et couverte de timbres étrangers. Je ne sais pourquoi, elle me donne une impression d'urgence.

Soudain, mon irritation s'évanouit, cédant la place à une étrange inquiétude.

— Une lettre de ma mère ?

— Tu ne tarderas pas à le savoir.

Je descendis l'escalier sans tapis qui menait au sous-sol. Par ce jour sombre, une rampe lumineuse fixée au plafond éclairait le bureau, sens dessus dessous, comme toujours, et jonché de lettres, paquets, dossiers, piles de vieux livres, et cendriers que jamais personne ne pensait à vider. La lettre, placée en évidence sur le sous-main de Stephen, me sauta aux yeux.

Une enveloppe par avion, avec des timbres espagnols et un cachet de la poste d'Ibiza ; mais je ne reconnus pas l'écriture fine et aiguë de l'adresse. Cette adresse — celle de mon ancien appartement — avait été rayée, et remplacée par celle de la librairie, d'une main un peu maladroite. Combien de temps cette missive avait-elle traîné sur la table, près de la porte d'entrée, avant que l'une de mes amies ne se donne la peine de la faire suivre ?

Je m'assis à la place de Stephen pour ouvrir l'enveloppe. Elle contenait deux pages, datées du 3 janvier — presque un mois plus tôt. Alarmée, je me mis à lire :

Chère Rebecca,

Je me permets de vous appeler par votre prénom car votre mère m'a souvent parlé de vous. Je dois vous annoncer qu'elle est très malade. J'ai voulu plus d'une fois vous écrire depuis que sa santé laisse à désirer, mais elle a toujours refusé.

Aujourd'hui, de ma propre initiative, et avec l'accord des médecins, je vous suggère de venir la voir. Indiquez-moi par télégramme le numéro de votre vol pour que je vienne vous chercher à l'aéroport.

Je sais que vous travaillez et qu'il ne vous sera pas facile d'entreprendre ce voyage, mais je vous conseille de ne pas perdre de temps. Votre mère vous paraîtra sans doute bien changée, mais elle garde bon moral.

Bien sincèrement.

Otto Pedersen

Incapable de me relever, je gardais les yeux fixés sur la lettre. Comment interpréter ces phrases sibyllines ? Ma mère était malade, peut-être mourante. Un mois plus tôt, on m'avait priée d'aller à son chevet de toute urgence. Je venais de recevoir la lettre ; elle était peut-être morte entre-temps... Qu'allait penser de mon silence cet Otto Pedersen, que je n'avais jamais rencontré, et dont j'ignorais jusqu'à présent le nom ?

2

J'ai relu encore et encore ces quelques pages, dont le fin papier bruissait entre mes mains. Au bout d'un moment, quand Stephen vint me rejoindre, j'étais toujours assise à son bureau.

— Que se passe-t-il ? s'est-il écrié, en voyant ma mine défaite.

Incapable de prononcer un seul mot, je lui ai tendu la lettre ; et, les coudes sur son bureau, j'ai attendu dans les affres de l'angoisse qu'il ait fini de la lire. Il l'a parcourue rapidement et il l'a reposée devant moi.

— Savais-tu qu'elle était malade ? m'a-t-il demandé.

J'ai secoué la tête.

— Depuis quand étais-tu sans nouvelles ?

— Quatre ou cinq mois. Elle n'écrivait presque jamais... Cette lettre a traîné près d'un mois dans mon ancien appartement sans qu'on pense à me l'envoyer ! (La fureur m'étouffait.) Maintenant elle est peut-être morte, sans m'avoir revue, et en me prenant pour une ingrate !

— Si elle était morte, tu serais sûrement au courant. Ce n'est pas le moment de pleurer, Rebecca ! Tu dois partir au plus vite à Ibiza, et annoncer ton arrivée à ce monsieur... Pedersen, reprit Stephen en jetant les yeux sur la lettre.

— Je ne peux pas, balbutiai-je, les lèvres tremblantes, comme une gamine de dix ans.

— Pourquoi ?

— Je n'ai pas l'argent du voyage.

— Oh, ma pauvre petite, je me charge de tout !

— Il n'y a pas de raison...

— Allons, ne discute pas. Et si mon offre t'embarrasse, tu pourras me rembourser en cinq ans ; avec un intérêt si ça te chante. Mais pour l'instant, n'en parlons plus. (Il tendait déjà la main vers l'annuaire du téléphone, avec une efficacité que je ne lui connaissais pas.) As-tu un passeport ? Pas de problème pour le vaccin contre la variole ou ce genre de choses. Allô, British Airways ? Je voudrais réserver une place sur le premier avion pour Ibiza.

Il me sourit, tandis que je luttais contre mes larmes. Mais je me sentais déjà un peu mieux. Rien de tel qu'un homme gentil et attentif, capable de prendre la direction des opérations lorsque les circonstances deviennent trop dramatiques ! Il attrapa un crayon et une feuille de papier et se mit à prendre des notes.

— Oui ? Quand ? Peut-on retenir une place, s'il vous plaît ? Miss Rebecca Bayliss. L'heure de l'arrivée à Ibiza ? Et le numéro du vol ? Merci beaucoup. Oui, je la conduirai à l'aéroport moi-même.

Il raccrocha et parcourut d'un air satisfait les gribouillages illisibles qu'il avait tracés au crayon.

— Voilà, Rebecca. Tu pars demain matin et tu arrives à Ibiza vers 19 h 30, après une correspondance à Palma. Je te conduirai à l'aéroport. Non, inutile de discuter ! Je ne serai pas tranquille tant que je ne t'aurai pas vue monter dans cet avion. Et maintenant, envoyons un télégramme à Mr. Otto Pedersen, Villa Margareta, à Santa Catarina, pour lui annoncer ton arrivée.

Son sourire rassurant m'emplit soudain d'espoir.

— Comment pourrai-je vous remercier ? murmurai-je.

— Je t'interdis de me remercier, protesta Stephen.

Le lendemain, je suis montée à bord d'un avion chargé d'heureux vacanciers. Certains portaient même des chapeaux de paille pour affronter un soleil improbable. Leur visage se rembrunit un instant sous la pluie fine qui nous surprit à Palma, mais ils restèrent résolument optimistes : le beau temps ne saurait tarder...

La pluie tomba sans discontinuer pendant les quatre heures d'attente. Après les secousses du décollage, au milieu d'épais nuages, l'avion prit de l'altitude, et le temps s'éclaircit à mesure que nous avancions au-dessus de la mer. Les nuages semblaient s'effilocher et se dissoudre, découvrant un ciel nocturne, bleu comme un œuf de rouge-gorge, et, au-dessous de nous, la mer illuminée par la lumière rose du soleil couchant.

Nous avons atterri en pleine nuit — une nuit froide et humide. Une forte odeur d'essence se dégageait sous le ciel étoilé, mais, après quelques pas au milieu des flaques du tarmac, j'ai senti une douce brise effleurer mon visage. Il faisait chaud et l'odeur des pins me rappelait mes vacances d'été passées à l'étranger.

En cette période paisible de l'année, les passagers étaient peu nombreux, et les formalités douanières furent de courte durée. Une fois mon passeport tamponné, je récupérai ma valise et je me dirigeai vers le hall des arrivées.

Des gens attendaient, debout par petits groupes, ou tassés d'un air apathique sur les longues banquettes de matière plastique. J'ai jeté un regard autour de moi, dans l'espoir d'être reconnue ; mais pas le moindre écrivain suédois à l'horizon ! Tout à coup, un homme en train d'acheter un journal au kiosque s'est retourné. D'un bout à l'autre du hall, nos regards se sont croisés. Il a glissé son journal soigneusement plié dans la poche de sa veste, comme s'il ne présentait plus aucun intérêt pour lui. Un homme grand et mince, aux cheveux blonds — ou peut-être blancs. (Sous la lumière froide du néon, j'étais incapable de faire la différence.) Quand il a été assez près de moi, j'ai risqué un sourire, et il a prononcé mon nom d'un air encore hésitant...

— Rebecca ?

— Oui, c'est bien moi.

— Otto Pedersen.

Nous nous sommes serré la main, puis il s'est incliné d'une manière assez cérémonieuse. Il avait les cheveux d'un blond pâle, tirant sur le gris, et le visage bronzé, à la peau flétrie, d'un homme vivant au soleil. Son regard pâle m'a semblé d'un gris bleuté. Il portait un polo noir et un pantalon beige, avec une sorte de saharienne à poches plaquées. Sa ceinture était légèrement desserrée. Il sentait l'after-shave et il avait l'air aussi aseptisé que s'il avait été passé à l'eau de Javel !

Vu les circonstances de notre rencontre, il nous était difficile d'engager la conversation. J'ai réalisé qu'il se sentait aussi embarrassé que moi ; mais il était poli et courtois, et il a eu la bonne idée de prendre ma valise, en me demandant si j'avais d'autres bagages.

— C'est tout, lui répondis-je.

— Alors, partons. Attendez-moi à la porte, je vous prendrai en voiture au passage...

— Non, je viens avec vous.

— Le parking est de l'autre côté de la route.

Nous avons marché dans la nuit jusqu'au parking à demi désert. Il s'est arrêté devant une grande Mercedes noire et il a déposé ma valise sur le siège arrière, puis il m'a ouvert la porte avant d'aller s'asseoir à la place du conducteur.

— J'espère que vous avez fait bon voyage, a-t-il murmuré poliment lorsque l'aéroport a été loin derrière nous.

— Nous avons eu quatre heures d'attente à Palma, et quelques secousses au décollage !

— Il n'y a pas de vols directs en cette saison.

J'ai fait un effort pour déglutir.

— Vous vous interrogez certainement sur les raisons de mon silence : je viens de déménager et votre lettre ne m'est parvenue qu'hier matin. On a beaucoup tardé à la faire suivre, voyez-vous. Je vous suis si reconnaissante de m'avoir écrit et je suis désolée de n'avoir pas répondu plus tôt !

— J'avais deviné que ce silence était indépendant de votre volonté.

Il s'exprimait dans un anglais parfait ; seules la prononciation des voyelles et une certaine raideur trahissaient ses origines suédoises.

— En recevant votre lettre, j'ai eu si peur... qu'il ne soit trop tard.

— Non, dit Otto, il n'est pas trop tard.

Au son de sa voix, j'ai immédiatement tourné les yeux vers lui. Il avait un profil en lame de couteau qui se détachait sur l'éclairage jaunâtre de la voie publique. Son expression me parut grave et solennelle.

— Ma mère est mourante ?

— Oui.

— Qu'a-t-elle ?

— Un cancer du sang. Une leucémie, pour parler comme les médecins.

— Depuis quand est-elle malade ?

— Environ un an, mais son état s'est aggravé avant Noël. Le médecin a conseillé de l'hospitaliser pour des transfusions ; à peine rentrée à la maison, elle a eu un terrible saignement de nez et l'ambulance l'a remmenée aussitôt à l'hôpital. Elle y a passé Noël et elle est enfin rentrée à la maison. C'est à ce moment que je vous ai écrit.

— Je regrette de ne pas avoir reçu votre lettre plus tôt. Lui avez-vous annoncé mon arrivée ?

— Non. Vous savez qu'elle adore les surprises et qu'elle supporte mal les déceptions ! Je craignais qu'un incident de dernière minute ne vous retienne... Mais vous êtes là, reprit-il avec un pâle sourire.

Nous nous sommes arrêtés à un carrefour pour laisser passer une charrette, tirée par une mule, sur la route poussiéreuse. Une lanterne se balançait paresseusement à l'arrière. Otto profita de cette pause pour tirer un cigarillo de sa poche et l'allumer au briquet du tableau de bord. Puis nous avons redémarré.

— Vous n'avez pas vu votre mère depuis combien de temps ? m'a-t-il demandé.

— Deux ans.

— Vous la trouverez changée... Même si vous êtes impressionnée, n'en laissez rien paraître, car elle tient encore beaucoup aux apparences !

— Vous semblez bien la connaître.

— Naturellement.

L'aimait-il ? Cette question me brûlait les lèvres ;

mais il me semblait de la dernière impertinence d'aborder un problème aussi personnel avec un inconnu. Et, d'ailleurs, où était la différence ? Il l'avait accueillie chez lui, il avait partagé sa vie avec elle, et maintenant qu'elle était si malade il l'entourait — certes, à sa manière — de toute son affection. Qu'était-ce, sinon de l'amour ?

Ensuite, nous avons parlé de choses et d'autres. Il m'a dit qu'il habitait sur l'île depuis cinq ans. Il était passé une première fois à bord d'un yacht, et l'endroit lui avait tellement plu qu'il était revenu l'année suivante pour acheter une maison et s'installer.

— Vous êtes écrivain...

— Oui, et professeur d'histoire, répondit-il.

— Écrivez-vous des ouvrages d'histoire ?

— Ça m'arrive. Pour l'instant, je travaille à une thèse sur l'occupation de ces îles et du sud de l'Espagne par les Maures.

J'étais impressionnée car aucun intellectuel n'avait figuré jusque-là parmi les soupirants de ma mère.

— Votre maison est encore loin ? demandai-je.

— A sept ou huit kilomètres. Le village de Santa Catarina était absolument indemne à mon arrivée ici. La construction d'un grand complexe hôtelier est prévue et je crains que ce coin ne se détériore comme tout le reste de l'île ; plutôt, comme certaines parties de l'île... A condition de bien connaître la région et d'avoir une voiture ou un bateau à moteur, il existe toujours des lieux protégés.

Il faisait chaud dans la voiture. J'ai baissé ma vitre et la fraîcheur nocturne m'a surprise. Nous roulions maintenant à travers des plantations d'oliviers. Par instants, les fenêtres des fermes scintillaient à travers les formes épineuses des figuiers de barbarie.

— Je suis contente qu'elle soit ici, ai-je murmuré. Je veux dire que si elle est malade et... en danger de mort, je préfère la savoir ici — à la chaleur du soleil et dans la senteur des pins.

— Oui, je pense qu'elle a eu de grands moments de bonheur, a acquiescé Otto en articulant chaque syllabe.

Nous roulions en silence sur la route déserte. De temps à autre, des poteaux télégraphiques surgissaient dans la lumière des phares. La route longeait maintenant la mer, qui s'étendait à perte de vue dans l'obscurité, parsemée ici et là des lueurs des bateaux de pêche. Au bout d'un moment, le contour d'un village s'est dessiné sous nos yeux, et j'ai lu « Santa Catarina » sur un panneau éclairé au néon. L'air sentait l'oignon, l'huile d'olive et la viande grillée. Des échos de flamenco s'envolaient des portes ouvertes, et des visages basanés se retournaient d'un air vaguement interrogateur sur notre passage.

Après avoir traversé le village, nous avons replongé dans l'obscurité, et ralenti aussitôt dans un virage en épingle à cheveux. Une allée étroite traversait des plantations d'amandiers. A la lumière des phares, j'ai aperçu une villa de forme carrée, aux murs blancs percés d'étroites fenêtres, avec une lanterne éclairée qui se balançait au-dessus d'une imposante porte cloutée.

Otto a freiné, puis arrêté le moteur. Il a pris ma valise sur la banquette arrière, et je l'ai suivi sur le gravier crissant. Devant la porte, il s'est effacé pour me céder le passage.

Dans le vestibule, éclairé par un lustre en fer forgé, j'ai remarqué un long canapé, sous une couverture de couleur vive. Près du seuil, une grande poterie bleue et blanche contenait un choix de cannes et d'ombrelles au manche d'ivoire sculpté. Comme Otto refermait la porte d'entrée, une autre s'est ouverte devant nous, et une petite femme aux cheveux noirs, portant un tablier rose et des pantoufles usées, est apparue.

— *Señor.*

— Maria...

Elle lui a souri de toutes ses dents en or, et il s'est adressé à elle en espagnol. Après avoir obtenu une réponse, il a fait les présentations.

— Voici Maria, qui s'occupe de la maison. Je lui ai dit qui vous êtes.

Nous avons échangé une poignée de main et un sourire complice. Puis Maria a dit encore quelques mots à Otto, et elle a emporté ma valise.

— Votre mère dormait, mais elle vient de se réveiller, m'a-t-il confié.

Je lui ai tendu mon manteau, qu'il a posé au bord du canapé ; puis il s'est dirigé vers une porte — à l'autre extrémité du vestibule — en me faisant signe de le suivre. J'ai obéi, en me sentant soudain troublée et craintive.

Il m'avait fait entrer dans le salon — une pièce au plafond bas, aux murs blanchis à la chaux comme le reste de la maison, où des meubles scandinaves modernes se mêlaient harmonieusement à des antiquités espagnoles. Le sol carrelé était parsemé de tapis, et il y avait une profusion de livres et de tableaux. Au milieu de la pièce, une table ronde disparaissait sous des piles régulières de magazines et de journaux.

Un feu de bois crépitait dans une grande cheminée de pierre, devant laquelle j'ai aperçu un lit. A côté, sur une longue table basse, étaient posés un verre d'eau et une carafe, ainsi que quelques géraniums roses dans une timbale, des livres et une lampe allumée.

Cette lampe et le scintillement des flammes étaient la seule source de lumière. Mais je pouvais distinguer depuis la porte la forme étriquée reposant sous la couverture rose, et la courbe d'un bras mince qui se tendit vers Otto lorsqu'il entra.

— Chéri...

Il prit sa main et l'embrassa.

— Lisa, je viens de rentrer.

— Tu ne t'es pas absenté très longtemps.

— Il paraît que tu as dormi. Es-tu prête à recevoir une visite ?

— Une visite ? (Elle parlait d'une voix presque inaudible.) Qui peut venir me voir ?

Otto a tourné les yeux vers moi, et je me suis approchée en disant : « C'est moi, Rebecca. »

— Oh, Rebecca, ma chérie. Quelle merveilleuse surprise !

Elle m'a ouvert les bras, et je me suis agenouillée à côté du lit pour l'embrasser. Son corps, d'une extrême maigreur, ne m'opposait aucune résistance, et ses joues, sous mes lèvres, avaient la sécheresse du papier, ou plutôt d'une feuille depuis longtemps emportée par le vent.

— Mais que fais-tu *ici* ? (Elle a regardé Otto par-dessus son épaule en feignant de froncer les sourcils, et elle l'a questionné.) Tu ne lui as tout de même pas demandé de venir ?

— Je pensais que tu serais heureuse de voir ta fille, a murmuré Otto.

— Ma chérie, pourquoi ne m'as-tu pas prévenue ?

Je lui ai souri.

— Pour te faire une surprise.

— Mais si j'avais su, j'aurais pu me réjouir de ta visite. Nous disions toujours, avant Noël, que la moitié de la fête était dans l'attente du grand jour ! (Elle relâcha son étreinte et je m'assis à ses pieds.) Combien de temps vas-tu rester ?

— Un ou deux jours.

— Quelle chance extraordinaire ! Nous allons pouvoir bavarder comme des pies. Otto, as-tu prévenu Maria ?

— Naturellement.

— Et comment allons-nous dîner ce soir ?

— Aucun problème. Nous dînerons ici, tous les trois.

— Buvons tout de suite quelque chose ! Un peu de champagne, s'il y en a.

Otto sourit.

— J'ai mis une bouteille au frais pour célébrer l'événement.

— Une idée de génie.

— Veux-tu que j'aille la chercher maintenant ?

— S'il te plaît, mon chéri.

Elle glissa sa main dans la mienne — une main étrangement frêle.

— Nous allons boire tous les trois ensemble !

Je me suis assise auprès d'elle, sur un petit tabouret, et nous sommes restées en tête à tête pendant qu'Otto allait chercher le champagne. Nos regards se sont croisés et elle m'a souri. Ses yeux noirs et ses dents éblouissantes n'avaient pas changé ; ses cheveux formaient une tache sombre sur la blancheur neigeuse de l'oreiller. Cela mis à part, elle était impressionnante. Jamais je n'avais vu un être vivant d'une telle maigreur ! Elle semblait d'autant plus irréelle que sa peau — loin d'être pâle et blanche — était bronzée comme si elle avait passé la journée au soleil. Incapable de contenir son excitation, elle s'est mise à parler :

— Otto est un amour d'avoir deviné que j'avais une telle envie de te voir. Malheureusement, je ne suis pas très en forme ces temps-ci et je ne peux pas faire grand-chose. Il aurait dû attendre que j'aille mieux et nous nous serions bien amusés tous ensemble. On aurait fait des excursions en bateau, des pique-niques, etc.

— Je pourrai revenir une autre fois.

— Oui, bien sûr. (Elle passa sa main sur mon visage, comme pour s'assurer par ce contact que j'étais vraiment là.) Tu sais, je te trouve splendide. Tu as le teint de ton père, avec ses grands yeux gris et ses cheveux aux reflets dorés. J'aime aussi ta coiffure. Cette tresse sur ton épaule me rappelle ces vieux livres de contes de fées, aux images merveilleuses. Tu es très jolie...

J'ai secoué la tête.

— Je ne me trouve pas jolie.

— Tu l'es tout de même, ma chérie, je t'assure ! Et que deviens-tu ? Il y a si longtemps que je suis sans nouvelles de toi. A qui la faute ? A moi sans doute, car je suis incapable d'écrire une lettre.

Je lui ai parlé de la librairie et de mon nouvel appartement.

— Quelle drôle de personne tu fais ! m'a-t-elle dit d'un air surpris. Tu construis ton petit nid pour toi toute seule, sans compagnon pour le partager. N'as-tu aucun prétendant qui te supplie de l'épouser ?

— Aucun prétendant !

Elle prit un air malicieux.

— Et le libraire pour qui tu travailles ?

— Il a une femme charmante et de nombreux enfants.

— Ça ne m'aurait pas gênée. (Elle pouffa de rire.) Ma pauvre chérie, quel mauvais exemple je t'ai donné à l'époque où tu étais encore dans mes jupons ! C'est une chance extraordinaire que tu ne collectionnes pas toutes ces névroses ou ces traumatismes dont on parle aujourd'hui. Mais, après tout, comme tu me sembles aller plutôt bien, je n'ai peut-être pas commis tant d'erreurs...

— J'ai grandi avec les yeux ouverts, et c'était une bonne chose ! Tu sais, j'aime bien Otto.

— Il est divin ! Si correct, si méticuleux, si nordique... Et il ne me demande même pas d'être intelligente, pourvu que je le fasse rire !

Quelque part dans la maison, une horloge sonna 7 heures. Au moment où retentissait le septième coup, Otto apparut avec un plateau chargé d'une bouteille de champagne dans un seau à glace, et de trois coupes. Nous l'avons regardé déboucher la bouteille d'un geste sûr, avant d'emplir nos coupes du pétillant breuvage. Ma mère a levé la sienne en murmurant :

— A notre bonheur à tous les trois !

Un peu plus tard, on m'a montré ma chambre, d'une luxueuse simplicité — ou d'un luxe dépouillé ? Je n'aurais pas su répondre à cette question... J'ai pris ma douche dans la salle de bains attenante. Puis j'ai passé un pantalon, une blouse de soie, et j'ai refait ma tresse après m'être brossé les cheveux. Ma mère m'attendait au salon en compagnie d'Otto.

Ce dernier s'était changé ; ma mère portait une liseuse bleu pâle, et elle avait posé sur ses genoux un châle de soie, brodé de roses, dont les longues franges effleuraient le sol. Nous avons bu une seconde coupe de champagne en attendant le dîner, servi par Maria sur une table basse au coin du feu.

Ma mère parlait sans cesse. Je craignais que ses allusions à l'époque lointaine de mon enfance ne choquent Otto, mais il ne semblait pas se formaliser le moins du monde. Amusé et curieux, il posait des questions qui l'incitaient à en dire plus.

— Cette ferme sinistre dans le Denbighshire... T'en souviens-tu, Rebecca? Nous avons failli mourir de froid, et la cheminée fumait chaque fois que nous faisions du feu. C'était Sébastien, expliqua-t-elle à l'intention d'Otto. Il se prenait pour un grand poète, mais, en fin de compte, il n'était pas plus doué pour la poésie que pour l'élevage des moutons. Et peut-être encore moins. Je ne savais pas comment le quitter sans le peiner, mais, par chance, Rebecca a attrapé une bronchite. Une excellente excuse !

— Était-ce vraiment une chance pour Rebecca ? observa Otto.

— Bien sûr ! Elle détestait cette ferme autant que moi. Il y avait un chien affreux qui menaçait tout le temps de la mordre. Ma chérie, reste-t-il un peu de champagne ?

Ma mère mangeait à peine, mais elle but encore plusieurs coupes de champagne glacé, tandis qu'Otto et moi dégustions les plats délicieux préparés par Maria. Après le repas, quand la table fut débarrassée, ma mère demanda de la musique. Otto mit un concerto de Brahms sur le tourne-disque, très doucement. Ma mère était un véritable moulin à paroles. On aurait dit un jouet trop remonté, tournant sans cesse sur lui-même, jusqu'au moment où il finit par se rompre.

Au bout d'un certain temps, Otto nous faussa compagnie en prétextant un travail à terminer ; mais il remit quelques bûches dans le feu et il s'assura que nous n'avions besoin de rien avant de nous quitter.

— A-t-il l'habitude de travailler tous les soirs ? demandai-je à ma mère.

— Presque tous les soirs, et le matin aussi. Il est très ponctuel. Je crois que nous nous entendons d'autant mieux que nous sommes absolument différents.

— J'ai l'impression qu'il t'adore.

— Oui, admit ma mère. Et il a le mérite de n'avoir jamais cherché à m'influencer ; il m'accepte telle que je suis, avec mes mauvaises manières et mon passé... scandaleux. (Elle effleura ma tresse du bout du doigt.) J'avais toujours cru que tu me ressemblais, mais tu es devenue le portrait de ton père. Un très bel homme !

— Je ne connais même pas son nom.

— Sam Bellamy ; mais Bayliss sonne beaucoup mieux, tu ne trouves pas ? Comme je t'ai élevée sans l'aide de personne, il me semblait que tu étais mon enfant à moi seule.

— Je regrette que tu ne m'aies jamais parlé de lui.

— Il y a peu de choses à en dire. C'était un homme de théâtre ; beau comme il n'est pas permis.

— Où avez-vous fait connaissance ?

— Il est venu en Cornouailles, avec une troupe d'acteurs, pour jouer du Shakespeare. Des nuits d'été follement romantiques... L'herbe sentait la rosée, et il y avait ces airs divins de Mendelssohn. Sam était Oberon...

« Par la colline, par la vallée, à travers les buissons,
A travers les ronces, par les parcs, par les haies,
A travers l'eau, à travers le feu, j'erre en tous lieux... »

Un monde vraiment magique. Comment ne serais-je pas tombée amoureuse ?

— Était-il amoureux de toi ?

— Nous en avions tous les deux l'impression.

— Tu t'es enfuie avec lui et tu l'as épousé...
— Mes parents ne m'ont pas laissé le choix.
— Je ne comprends pas !
— Ils s'opposaient à notre mariage. J'étais trop jeune, à leur avis. Ma mère aurait souhaité que j'épouse un gentil garçon de notre entourage et que j'arrête de me faire remarquer. Qu'allaient penser les gens d'un acteur ? Elle se préoccupait avant tout du qu'en-dira-t-on.
— Tu ne l'aimais pas ? soufflai-je prudemment, car c'était la première fois qu'elle faisait allusion à sa mère.
— Ma chérie, tout cela est du passé. Mais j'avais une mère très autoritaire, et il me semblait parfois qu'elle allait m'étouffer sous le poids des conventions. Roger s'était fait tuer pendant la guerre ; tu ne peux pas savoir à quel point il me manquait. Rien de tout cela ne serait arrivé s'il avait vécu ! (Elle sourit.) Il était si délicieux. Presque trop. Le vrai souffre-douleur de ces dames.
— Pourquoi ?
— Il tombait toujours amoureux de filles impossibles, et il a fini par épouser l'une d'elles. Une petite blonde aux yeux bleus, comme une poupée de porcelaine. Ma mère la trouvait charmante ; je la détestais.
— Comment s'appelait-elle ?
— Mollie, répondit ma mère en faisant la grimace.
— Elle était vraiment si effroyable ?
— A mon avis, oui. L'ordre personnifié ! Toujours en train de ranger son sac à main, de mettre ses chaussures sur des embauchoirs ou de stériliser les jouets de son bébé.
— Elle a eu un bébé ?
— Oui, un petit garçon qu'elle a tenu à appeler Eliot.

— J'aime ce prénom.

— Oh, Rebecca, je le trouve affreux ! (Il était évident que rien de ce qui concernait Mollie ne pouvait trouver grâce à ses yeux.) J'étais navrée qu'elle ait imposé un tel prénom à ce gamin, mais, après tout, il portait bien son nom. Après la mort de son père, ça a été pire que jamais ; il était toujours pendu au cou de sa mère, et incapable de dormir sans lumière dans sa chambre.

— Je te trouve injuste !

— Oui, admit-elle en riant, il n'était pas coupable. Il a dû devenir un jeune homme parfaitement correct, si sa mère ne l'a pas étouffé.

— Et Mollie, qu'est-elle devenue ?

— Je n'en sais rien, et ça ne me préoccupe pas outre mesure. Tout cela ressemble à un rêve, peuplé de personnages irréels. A moins, reprit-elle d'une voix songeuse, qu'ils ne soient réels et que ma vie ne soit plus qu'un rêve...

Je me sentis mal à l'aise car elle n'était pas loin de la vérité. Il me semblait préférable de ne pas approfondir ce point...

— Tes parents sont-ils encore en vie ? ai-je demandé pour faire diversion.

— Ma mère est morte pendant les vacances de Noël que nous avons passées à New York. Te rappelles-tu cet hiver glacial ? La neige, et l'air de *Jingle Bells* qui retentissait dans tous les magasins. A la fin des vacances, je ne pouvais plus le supporter ! Naturellement, mon père m'a écrit ; mais sa lettre a fait le tour du monde avant de me parvenir. A ce moment-là, il était trop tard pour réagir ou pour lui adresser un mot. Et puis j'ai une telle horreur des lettres ! Il a dû me croire indifférente.

— Tu ne lui as jamais écrit ?

— Non.

— Tu ne l'aimais pas non plus ?

— Si, je l'adorais. Un homme merveilleux... Extrêmement imposant, et un grand séducteur ! Sais-tu qu'il était peintre ?

Un peintre... Je m'attendais à tout sauf à cela !

— Tu ne me l'avais jamais dit.

— Eh bien, si tu avais un minimum de culture, tu l'aurais deviné. Grenville Bayliss... Ce nom ne te dit vraiment rien ?

J'ai secoué la tête, désolée à l'idée de n'avoir jamais entendu parler de mon célèbre grand-père.

— C'est de ma faute, a ajouté ma mère. Je n'ai jamais pris la peine de t'emmener dans les musées ou les galeries d'art. A vrai dire, je n'ai jamais pris beaucoup de peine pour toi, et je m'émerveille que tu aies si bien tourné, malgré une telle négligence de ma part !

— A quoi ressemblait-il ?

— Qui ?

— Ton père.

— Comment l'imagines-tu ?

— Une allure bohème. Un artiste, avec une barbe et une chevelure léonine...

— Pas du tout ! Il a d'abord fait carrière dans la marine, et cette période de sa vie l'a beaucoup marqué. Il avait près de trente ans quand il a abandonné une carrière prometteuse pour s'inscrire aux Beaux-Arts ; ce qui a failli briser le cœur de ma mère. D'autant plus qu'il a élu domicile en Cornouailles, à Porthkerris. Je pense qu'elle ne lui a jamais pardonné son égoïsme. Elle avait adoré jouer les grandes dames à Malte et elle se voyait déjà l'épouse d'un amiral. J'avoue qu'il était fait sur mesure pour ce genre de poste, avec ses yeux bleus et sa stature imposante. Il avait une autorité innée, qu'il n'a jamais perdue.

— Tu n'avais pas peur de lui ?

— Non, je l'adorais.

— Alors, pourquoi n'es-tu jamais revenue chez tes parents ?

— Je ne pouvais pas, c'était plus fort que moi. (Son visage s'était fermé.) Nous nous étions dit des horreurs. Toutes les vieilles rancunes étaient remontées à la surface ; il y avait eu des menaces et des ultimatums. Plus ils s'opposaient à moi, plus je m'obstinais. Et plus il m'a été impossible, le moment venu, d'admettre qu'ils avaient vu juste et que j'avais commis une stupide erreur. Si j'étais rentrée chez mes parents, j'aurais été incapable de repartir. Tu serais devenue la propriété de ta grand-mère et je n'aurais pas pu le supporter. Je tenais trop à toi ! Après tout, nous n'étions pas si mal ensemble !

— C'est vrai.

— J'avais parfois envie de retourner chez mes parents ; j'ai même été sur le point de le faire. Nous habitions une maison merveilleuse. Boscarva... Une maison carrée, construite sur une colline qui dominait la mer. Quand Otto m'a amenée ici pour la première fois, j'ai repensé à Boscarva ; mais avec l'avantage d'un climat méditerranéen ! Là-bas, nous avions de violentes tempêtes, et le jardin était entouré de grandes haies pour protéger les massifs de fleurs. Ma mère avait le vent en horreur. Elle fermait hermétiquement toutes les fenêtres et elle restait entre quatre murs, à jouer au bridge avec des amis ou à faire de la broderie.

— Elle ne s'occupait pas de toi ?

— Rarement.

— A qui étais-tu confiée ?

— A Pettifer et à Mrs. Pettifer.

— Qui étaient-ils ?

— Pettifer avait été dans la marine, lui aussi. Il était au service de mon père, nettoyait l'argenterie, et quelquefois conduisait la voiture. Mrs. Pettifer faisait la cuisine. Tu ne peux pas savoir comme je me sentais bien avec eux, assise au coin du feu, lorsque le vent mugissait derrière les carreaux. Et nous lisions l'avenir dans les feuilles de thé... (Sa voix se fit languissante, comme si elle avait des doutes.) Non, c'était Sophia.

— Sophia ?

M'avait-elle entendue ? Les yeux rivés sur les flammes, l'air absent, elle resta un moment silencieuse.

— Après la mort de ma mère, j'aurais dû rentrer à la maison, dit-elle enfin. J'ai eu tort de me tenir à l'écart, mais le sens moral n'a jamais été mon fort... Sais-tu qu'il y a certains objets qui m'appartiennent, à Boscarva ?

— Quel genre d'objets ?

— Un petit bureau avec des tiroirs sur le côté et un abattant ; ça s'appelle un *davenport*, je crois. Des bibelots en jade, que mon père avait rapportés de Chine ; un miroir vénitien. Tout cela m'appartenait, mais je ne voulais pas m'encombrer : j'ai déménagé si souvent ! (Elle me regarda en fronçant les sourcils.) Et toi, as-tu des meubles pour cet appartement dont tu m'as parlé ?

— Pratiquement aucun.

— Je vais essayer de les récupérer pour toi. Ils ont dû rester à Boscarva, si la maison n'a été ni vendue, ni brûlée, ni détruite... Souhaites-tu que je fasse cette démarche ?

— Plus que tout au monde, puisque ces meubles t'ont appartenu !

— Oh ! ma chérie, comme c'est drôle que tu aies besoin de racines, alors que je n'ai jamais pu supporter les miennes ! J'avais l'impression qu'elles allaient me ligoter sur place.

— Elles me donnent au contraire l'impression d'exister.

Vers minuit, elle m'a demandé de remplir sa carafe d'eau. J'ai trouvé mon chemin jusqu'à la cuisine déserte et j'ai réalisé qu'Otto avait dû aller se coucher discrètement pour nous laisser ensemble. Nous avons continué à bavarder jusqu'à l'aube.

Quand je l'ai sentie trop épuisée pour parler, je lui ai avoué que j'avais sommeil, moi aussi. Je me suis levée en m'étirant, car j'étais courbaturée après ces heures passées assise. Puis j'ai remis des bûches dans l'âtre et j'ai enlevé l'un de ses oreillers pour qu'elle puisse s'allonger. Le châle de soie avait glissé à terre, je l'ai plié et posé sur une chaise. Après m'être penchée pour l'embrasser, j'ai éteint la lampe et je l'ai laissé s'endormir à la lumière des flammes. Au moment où je quittais la pièce, elle a murmuré, comme à l'époque où j'étais petite fille : « Bonne nuit, ma chérie. Bonne nuit et à demain. »

Le lendemain matin, le soleil qui filtrait à travers mes volets m'a réveillée de bonne heure. Je me suis levée pour les ouvrir et j'ai été éblouie par la lumière méditerranéenne. Je suis sortie par la porte-fenêtre, sur la terrasse de pierre qui entourait la maison, et j'ai vu la colline descendant en pente douce vers la mer, à moins d'un kilomètre. La terre couleur sable était voilée de rose par les amandiers en fleur.

Après m'être rapidement habillée, je suis ressortie. J'ai traversé la terrasse, descendu quelques marches et traversé un jardin soigneusement entretenu. Puis j'ai sauté par-dessus un muret de pierres, et je me suis dirigée vers la mer. En levant les yeux, parmi les amandiers, j'ai aperçu un ciel sans nuages à travers une mousse de fleurs roses.

Chaque fleur, je le savais, donnerait un fruit précieux, qui serait récolté dès qu'il arriverait à maturité ; mais je n'ai pas résisté à l'envie de cueillir un simple rameau. Je le tenais encore à la main, une heure plus tard, lorsque j'ai repris le chemin de la villa, après une brève promenade jusqu'à la mer.

La montée était plus raide que je ne pensais. En m'arrêtant pour reprendre mon souffle, j'ai aperçu Otto Pedersen qui guettait mon retour du haut de la terrasse. Nous nous sommes immobilisés un instant tous les deux, puis il a descendu les marches et il est venu à ma rencontre à travers le jardin.

J'ai ralenti mon allure, le rameau d'amandier toujours serré dans ma main. Je savais déjà... J'avais deviné avant d'être assez près de lui pour déchiffrer son expression ; mais j'ai continué à avancer à travers le verger, et nous nous sommes enfin retrouvés l'un près de l'autre, à côté du muret de pierres.

Il a prononcé mon nom. Ce fut tout.

J'ai murmuré :

— Ne me dites rien, j'ai compris.

— Elle est morte pendant la nuit. Quand Maria est entrée dans sa chambre pour la réveiller... c'était déjà fini. Elle était si paisible...

J'ai réalisé que nous faisions notre possible pour nous réconforter mutuellement. Mais à quoi bon ? Il m'a tendu la main pour m'aider à escalader le mur, et il l'a gardée dans la sienne tandis que nous nous dirigions vers la maison à travers le jardin.

Selon la coutume espagnole, elle a été enterrée le jour même, dans le petit cimetière du village. Seuls Otto, Maria et moi avons assisté à la cérémonie. Quand tout a été terminé, j'ai déposé le rameau d'amandier sur sa tombe.

Le lendemain matin, Otto m'a conduite en voiture à l'aéroport, où je devais reprendre l'avion pour Londres. Nous roulions en silence, mais peu de temps avant d'arriver, il m'a dit brusquement :

— Rebecca, ça n'a pas une grande importance, mais je dois vous dire que je souhaitais prendre Lisa pour épouse. Je l'aurais fait si je n'avais déjà été marié en Suède. Nous sommes séparés, ma femme et moi, depuis des années, mais ses convictions religieuses lui interdisent le divorce.

— Inutile de vous justifier, Otto.

— Je tenais à ce que vous le sachiez.

— Vous l'avez rendue si heureuse et vous avez si bien pris soin d'elle.

— Je suis content que vous soyez venue et que vous l'ayez revue !

— Oui, moi aussi, ai-je répondu, la gorge serrée et les yeux noyés de larmes.

A l'aéroport, après avoir fait contrôler mon billet et enregistré mes bagages, je me suis retrouvée face à lui.

— Partez vite, ai-je murmuré, je déteste les adieux !

— Très bien... mais permettez-moi... (Il a fouillé dans la poche de sa veste et il m'a tendu trois fins bracelets d'argent que ma mère avait toujours portés ; la veille encore ils brillaient à son poignet.) Prenez-les, et ces billets aussi. Ils étaient dans son sac ; ils vous appartiennent donc.

Tout en parlant, il a glissé dans ma main une liasse de billets de banque anglais, sur lesquels il a refermé mes doigts. Comment aurais-je pu le croire ? Ma mère n'avait jamais rien dans son sac, à l'exception de quelques pièces de monnaie pour téléphoner et de quelques factures froissées qu'elle aurait dû régler depuis longtemps. Mais le ton d'Otto était sans réplique ; j'ai donc pris l'argent et je l'ai embrassé. Il a tourné les talons et il est parti sans un mot.

Pendant tout le vol, je me suis sentie profondément déstabilisée : vide sur le plan émotionnel — au point de ne même plus éprouver de peine — et si épuisée, physiquement, que je ne pouvais ni dormir ni avaler une seule bouchée de mon repas. L'hôtesse m'a servi du thé, qui m'a paru amer. Je l'ai laissé refroidir dans ma tasse.

On aurait dit qu'une porte depuis longtemps fermée à clef venait de s'entrebâiller. Il m'appartenait de l'ouvrir toute grande, au risque de me trouver plongée dans l'obscurité et l'incertitude.

Peut-être devrais-je aller en Cornouailles et prendre contact avec la famille de ma mère ; mais l'image qu'elle m'avait donnée de Porthkerris ne m'encourageait guère. Mon grand-père était sans doute un vieillard solitaire et peu avenant. Nous n'avions pas pensé à faire le nécessaire, Otto Pedersen et moi, pour lui annoncer la mort de sa fille. Si j'allais le voir, je serais donc l'annonciatrice de cette horrible nouvelle. D'autre part, je lui en voulais d'avoir laissé sa fille gâcher sa vie à ce point : elle était impulsive, irresponsable et obstinée, mais il aurait pu se montrer un peu plus positif à son égard. Il aurait pu la retrouver, lui offrir son aide et se préoccuper de moi, sa petite-fille.

Il n'en avait rien fait, et son attitude resterait toujours un obstacle infranchissable entre nous.

Pourtant, j'avais besoin de racines. Je voulais sentir leur présence, même si elles ne jouaient pas un rôle déterminant dans ma vie. Il y avait aussi, à Boscarva, des objets qui avaient appartenu à ma mère et dont je devais sans doute prendre possession, puisqu'elle en avait exprimé le désir. Mais aller en Cornouailles uniquement dans ce but me paraissait une démarche égoïste et déplaisante.

Je me suis laissée aller en arrière dans mon fauteuil, et, dans un demi-sommeil, j'ai cru entendre la voix de ma mère :

— *Il ne m'a jamais fait peur ; je l'adorais. J'aurais dû rentrer à la maison...*

Elle avait prononcé un nom — Sophia — mais je n'avais pas pu en savoir davantage.

J'ai fini par m'endormir et j'ai rêvé que j'étais là-bas. La maison que je voyais en songe était immatérielle ; seuls me semblaient réels les mugissements d'un vent glacial soufflant depuis la mer.

Arrivée à Londres en début d'après-midi, je ne savais que faire du reste de cette sombre journée d'hiver. J'ai fini par sauter dans un taxi, pour aller demander conseil à Stephen Forbes.

Il était au premier étage de la librairie, en train de faire l'inventaire d'une caisse de livres provenant d'une vieille maison récemment mise en vente. Au bruit de mes pas dans l'escalier, il s'est approché, en me prenant pour une éventuelle cliente. Dès qu'il m'a reconnue, son visage s'est éclairé.

— Rebecca ! Te voilà de retour !

Debout, les mains dans les poches de mon manteau, j'ai murmuré :

— Oui, j'ai atterri à 2 heures. (Comme je lisais une question dans ses yeux, j'ai ajouté :) Ma mère est morte hier, au petit matin. Je suis arrivée à temps. J'ai passé la soirée avec elle et nous avons beaucoup parlé.

— Je suis content que tu l'aies revue. (Il a repoussé quelques livres posés au bord de la table et il s'y est appuyé, les bras croisés, en me regardant à travers les verres de ses lunettes.) Que vas-tu faire maintenant ?

— Je ne sais pas.

— Tu as l'air épuisée. Si tu prenais quelques jours de repos ?

— Je ne sais pas, ai-je répété.

Il a froncé les sourcils.

— Je me pose un problème, Stephen.

— Quel problème ?

— Connaissez-vous un artiste nommé Grenville Bayliss ?

— Mon Dieu, oui !

— C'est mon grand-père.

Stephen me dévisageait d'un air éberlué.

— Comment l'as-tu appris ?

— Ma mère m'a fait cette révélation. Ce nom ne me disait rien...

— Tu aurais dû le connaître.

— Est-il si célèbre ?

— Il l'était il y a une vingtaine d'années. Il y avait un Grenville Bayliss au-dessus de la cheminée, dans la salle à manger de mes parents, à Oxford. Pendant toute mon enfance, j'ai vu ce bateau de pêche avec une voile brune, sur une mer démontée. Il me donnait le mal de mer. Bayliss peignait surtout des marines.

— C'est un ancien marin. Je veux dire qu'il a fait carrière dans la marine.

— Comme de juste !

— Stephen, que dois-je faire ? ai-je fini par demander après un long silence.

— Que *veux-tu* faire ?

— Je n'ai jamais eu de famille...

— Est-ce si grave pour toi ?

— Oui, depuis quelque temps.

— Alors, va voir ton grand-père. Pourquoi t'en priver ?

— J'ai peur.

— Que crains-tu donc ?

— Qu'il m'ignore, ou qu'il me repousse.

— Y a-t-il eu de si terribles querelles familiales ?

— Oui, et il a prononcé envers ma mère des paroles blessantes : « Ne te présente plus jamais à ma porte ! », par exemple...

— Ta mère t'a suggéré d'y aller ?

— Pas vraiment, mais elle a parlé d'objets qui lui ont appartenu et dont je devrais reprendre possession.

— Quel genre d'objets ?

Je lui ai donné les précisions qu'il me demandait.

— Ce n'est pas grand-chose, ai-je conclu, et ça ne mérite peut-être pas le déplacement, mais j'aimerais avoir quelques souvenirs de ma mère. D'ailleurs mon appartement est bien vide...

— Tu dois aller en Cornouailles, Rebecca, moins pour reprendre possession de tes biens que pour faire la connaissance de ton grand-père.

— Et s'il ne veut pas me rencontrer ?

— Quand bien même ! Tu risques une petite blessure d'amour-propre, mais tu n'en mourras pas.

— Vous m'incitez à y aller ?

— Il me semble que tu es venue ici pour connaître mon point de vue.

— Vous avez raison, ai-je admis en souriant.

— Voilà ce qu'il faut faire. Nous sommes aujourd'hui jeudi. Commence par rentrer chez toi : tu as besoin de repos. Si tu n'es pas encore prête demain, descends en Cornouailles dimanche ou lundi. Va voir à quoi ressemble le paysage et tâche de rencontrer Bayliss. Prends ton temps, même si ça doit durer quelques jours, et ne reviens pas à Londres avant d'avoir fait le maximum. Si tu peux récupérer quelques babioles, tant mieux pour toi, mais n'oublie pas que ça n'est pas l'essentiel !

— Je n'oublierai pas.

— Et maintenant, sauve-toi, grogna-t-il en se levant. J'ai trop à faire pour perdre mon temps à tenir la rubrique des « Conseils de tante Marie. »

— Pourrai-je revenir travailler ensuite ?

— Naturellement ! Tu es indispensable ici.

— Alors, au revoir.

— Au revoir, Rebecca, et bonne chance ! reprit Stephen, après un instant de réflexion, en se penchant pour déposer un baiser maladroit sur ma joue.

Comme j'avais déjà dépensé des fortunes en taxi, je me suis dirigée, ma valise à la main, vers l'arrêt d'autobus. En roulant vers Fulham, j'ai regardé distraitement par la fenêtre les rues grises et bondées, et j'ai tenté de faire des projets. Je partirais lundi en Cornouailles, pour suivre les conseils de Stephen. En cette période de l'année, je pourrais facilement trouver une place dans le train et une chambre où loger lorsque j'arriverais à Porthkerris. Maggie aurait la gentillesse de veiller sur mon appartement jusqu'à mon retour.

L'idée de mon appartement me rappela les chaises que j'avais réservées avant mon départ à Ibiza — des siècles plus tôt, me semblait-il. Si je n'allais pas les payer, elles seraient vendues à quelqu'un d'autre, comme l'avait suggéré alors le vendeur. Avec cette idée en tête, je suis descendue plusieurs arrêts avant le mien, pour aller payer ces chaises et les trouver à mon retour.

Je m'attendais à affronter une fois encore le jeune homme vêtu d'un jean, mais lorsque la sonnerie de la porte d'entrée a retenti, j'ai aperçu — derrière le bureau, au fond du magasin — un homme d'un certain âge, aux cheveux grisonnants et à la barbe sombre.

Il s'est approché de moi en retirant ses lunettes à monture d'écaille. J'ai posé ma valise avec soulagement.

— Bonjour, mademoiselle.

— Bonjour. Je viens au sujet des chaises que j'ai retenues lundi dernier. En merisier, avec un dossier arrondi...

— Ah oui, je vois.

— L'une d'elles devait être réparée.

— C'est fait. Voulez-vous les prendre ?

— Non, j'ai une valise et je ne peux pas les porter. Mais si je les paye maintenant, acceptez-vous de les garder jusqu'à mon retour ?

— Bien volontiers.

Il avait une voix aimable et grave, et un sourire éclairait son visage plutôt austère.

— Puis-je vous faire un chèque ? ai-je demandé en ouvrant mon sac.

— C'est parfait. Asseyez-vous donc à mon bureau. Et voici un stylo.

— A l'ordre de... ?

— Tristram Nolan. Je suis le propriétaire de ce magasin.

Ravie d'apprendre qu'il était le maître des lieux, j'ai rempli mon chèque. Quand il l'a eu entre les mains, il est resté si longtemps à le regarder, la tête penchée, que je me suis demandé si j'avais oublié quelque chose.

— Je me suis trompée ?

— Pas du tout. Mais votre nom — Bayliss — n'est pas très commun.

— Je sais.

— Seriez-vous parente avec Grenville Bayliss ?

Cette question, survenant à l'improviste, m'a semblé extraordinaire, et en même temps naturelle — comme si j'étais tombée par hasard, dans le journal, sur une nouvelle que j'attendais.

— Oui. Il est mon grand-père, ai-je ajouté, car je n'avais aucune raison d'en faire mystère.

— Comme c'est étrange !

— Pourquoi ?

— Vous allez voir.

Après avoir déposé le chèque sur son bureau, il est allé chercher, derrière une table, une grande peinture à l'huile, dans un cadre doré. Il l'a tenue à bout de bras, et j'ai aperçu la signature de mon grand-père dans un coin, avec la date — 1932 — inscrite audessous.

— Je viens de l'acheter, m'a-t-il confié. Il a besoin d'un bon nettoyage, mais je le trouve charmant.

Je me suis approchée pour mieux voir : il y avait des dunes de sable, un coucher du soleil, et deux jeunes garçons, nus, penchés sur une collection de coquillages. Une œuvre sans doute désuète, mais la composition était charmante — empreinte à la fois de force et de délicatesse — comme si ces deux adolescents vulnérables étaient des créatures à part entière.

— Quel talent ! ai-je murmuré avec une note d'orgueil dans la voix.

— Un merveilleux coloriste. (Il remit le tableau à sa place.) Le connaissez-vous bien ?

— Non, pas du tout. Je ne l'ai jamais rencontré.

Comme mon interlocuteur restait muet, j'ai ajouté, pour rompre le silence :

— Mais j'ai décidé de faire sa connaissance. Je pars en Cornouailles lundi.

— Excellente idée ! La route est merveilleuse et vous pourrez circuler facilement en cette saison.

— Je prends le train ; je n'ai pas de voiture.

— Le voyage en train ne manque pas de charme, surtout si le soleil est de la partie.

Nous nous sommes rapprochés de la porte. J'ai soulevé ma valise, et, en sortant, je me suis retournée :

— Vous veillerez sur mes chaises, n'est-ce pas ?

— Ne vous faites aucun souci. Adieu, et bon séjour en Cornouailles !

3

Hélas, le soleil n'était pas de la partie... Lundi, au petit matin, je me suis éveillée dans la grisaille. A mesure que le train roulait vers l'ouest, j'ai perdu tout espoir de voir le temps s'améliorer : le ciel s'assombrissait de kilomètre en kilomètre, puis le vent s'est levé, entraînant une pluie torrentielle. Il n'y avait rien à voir derrière les vitres du train, à part les formes estompées des collines et des fermes, et de temps à autre les toits d'un village ou la gare à demi déserte d'une petite ville anonyme.

J'espérais que tout allait devenir différent à partir de Plymouth. Après avoir traversé le Saltash Bridge, nous serions dans un autre pays, sous un autre climat, avec des maisonnettes badigeonnées de rose, des palmiers et un pâle soleil d'hiver. En réalité, la pluie redoubla ! Les champs inondés et les arbres dénudés offraient un spectacle des plus décourageants.

Il était près de 5 heures moins le quart lorsque je suis arrivée au terminus, et la nuit commençait déjà à tomber, en cette fin d'après-midi obscure. Comme le train ralentissait le long du quai, j'ai aperçu la silhouette incongrue d'un palmier, se découpant — tel un parapluie cassé — sur le ciel ruisselant. Un écriteau, scintillant sous la pluie, indiquait : « Saint Abbotts, changement pour Porthkerris ».

Le train a fini par s'arrêter. J'ai chargé mon sac de montagne sur mon dos et poussé la lourde porte, que le vent m'a aussitôt arrachée des mains. Une bouffée d'air froid, venue de la mer, m'a coupé le souffle. J'ai sauté sur le quai, résolue à ne pas perdre de temps, puis j'ai suivi la file des voyageurs qui traversaient le pont en bois menant à la gare.

La plupart retrouvaient des amis, venus les accueillir, ou semblaient assurés qu'une voiture les attendait après le contrôle des billets. J'avançais en aveugle, avec le sentiment de plonger dans l'inconnu et l'espoir de voir surgir un taxi. Mais il n'y en avait pas dans la cour de la gare ! Personne ne m'ayant offert son aide, j'ai attendu que la dernière voiture disparaisse à l'horizon, et j'ai battu en retraite jusqu'au guichet de vente des billets pour me renseigner.

Un porteur entassait des cages à poules dans une salle de dépôt malodorante.

— Où pourrais-je trouver un taxi pour Porthkerris ? ai-je demandé.

Il a secoué la tête d'un air navré, et soudain son visage s'est légèrement éclairé.

— Il y a un autobus. Mais, a-t-il ajouté, en levant les yeux vers une pendule fixée en haut d'un mur, vous venez de le manquer. Le prochain est dans une heure.

— Je voudrais appeler un taxi.

— En cette saison, les taxis se font rares.

J'ai déposé à terre mon sac qui me semblait de plus en plus pesant, et nous avons échangé un regard perplexe. Comment résoudre un problème aussi épineux ?

J'étais figée sur place, les pieds de plus en plus frigorifiés. Au milieu de la tempête, un bruit de moteur s'est fait entendre. Une voiture arrivait à toute allure.

— Il faut que je trouve un taxi, ai-je déclaré en haussant légèrement la voix. Où puis-je téléphoner ?

— Il y a une cabine dehors. Par là...

Traînant mon sac, je me suis tournée dans la direction indiquée. A cet instant, j'ai entendu la voiture s'arrêter dans la cour. Une porte a claqué, et un homme est arrivé au pas de course. Une bouffée de vent glacé s'est engouffrée derrière lui quand il est entré. Il s'est ébroué comme un jeune chien, et il a disparu dans le bureau des colis, mais sa voix parvenait jusqu'à moi :

— Salut, Ernie, je viens chercher un paquet. De Londres...

— Ah, Mr. Gardner, quel sale temps !

— Effroyable ! La route est inondée. Voilà mon paquet... Voulez-vous que je signe ?

— Oui, tenez...

J'imaginais la feuille de papier posée sur une table, et le crayon qu'Ernie avait dû déloger de son oreille. Mais cette voix me semblait étrangement familière. Où l'avais-je déjà entendue ?

— Très bien, merci beaucoup.

— Je vous en prie.

Oubliant momentanément téléphone et taxi, j'avais les yeux braqués sur la porte en attendant que réapparaisse l'« inconnu » — ce qui ne tarda pas. Il arriva, les bras chargés d'une grande boîte portant la mention FRAGILE sur une étiquette rouge. J'aperçus de longues jambes, moulées dans un jean trempé de boue, et un ciré noir sur lequel dégoulinaient des ruisseaux de pluie. Tête nue, et les cheveux plaqués sur le crâne, il s'arrêta net en me voyant. Il tenait le paquet devant lui comme une offrande ; après avoir marqué un temps d'hésitation, il me reconnut.

— Ça alors ! s'est exclamé en souriant... le jeune homme qui m'avait vendu les deux chaises en merisier.

Je suis restée bouche bée, avec le sentiment étrange que quelqu'un me jouait un tour pendable. Plus que jamais, j'avais besoin d'un ami en cet instant, et le destin m'envoyait une personne que j'aurais souhaité ne jamais revoir. Pour comble de malheur, j'étais dans un état pitoyable, avec mes cheveux et mes vêtements trempés.

Il me souriait maintenant de toutes ses dents.

— Quelle extraordinaire coïncidence ! Que faites-vous ici ?

— Je descends du train.

— Où allez-vous ?

— A Porthkerris, répliquai-je de mauvaise grâce.

— Quelqu'un vient vous chercher ?

J'ai failli répondre par l'affirmative pour me débarrasser de lui, mais je suis incapable de mentir correctement. De crainte qu'il ne devine, j'ai préféré lui avouer la triste vérité, en ajoutant d'un air sûr de moi :

— J'avais l'intention d'appeler un taxi.

— Ne perdez pas votre temps ! Je vais à Porthkerris, moi aussi. Je vous dépose !

— Ne vous dérangez pas...

— Ça ne me dérange pas ; j'y vais de toute façon. Vous n'avez pas d'autres bagages ?

— Non...

— Eh bien, en route !

J'hésitais encore, mais la question semblait réglée

pour lui. Il s'est dirigé vers la porte, qu'il a retenue de son épaule en attendant que je le suive. J'ai foncé dans la tempête...

La porte a claqué derrière lui et il a traversé la rue. Sa camionnette était garée à quelques pas de là, avec ses feux de position allumés. Après avoir déposé délicatement son paquet à l'arrière, il a chargé mon sac de montagne à côté et il a recouvert le tout d'une vieille toile goudronnée.

— Entrez vite, m'a-t-il dit ; nous n'avons pas besoin de nous faire tremper tous les deux.

Docilement, je me suis installée à la place du passager, mon sac à main serré contre mes genoux. Il m'a rejointe presque aussitôt et a démarré en trombe. La voiture a gravi une côte en vrombissant, puis elle s'est engagée sur la grande route, en direction de Porthkerris.

— Et maintenant, j'aimerais en savoir plus, a déclaré mon chauffeur. Je pensais que vous habitiez Londres.

— C'est exact.

— Vous venez en vacances ici ?

— Plus ou moins.

— Ça manque un peu de précision ! Allez-vous chez des amis ?

— Oui. Non. Je ne sais pas.

— Vous ne savez pas ?

— Non, vraiment pas. (J'avais conscience de ma grossièreté, mais je me sentais dépassée par les événements.)

— Je vous conseille de vous décider avant d'arriver à Porthkerris, sinon vous risquez de passer la nuit sur la plage.

— Je... J'irai à l'hôtel. En tout cas, pour la première nuit.

— Ah, très bien. Lequel ?

Je lui ai jeté un regard exaspéré, et il a ajouté avec une parfaite logique :

— Si vous ne me dites pas le nom de votre hôtel, comment voulez-vous que je vous y conduise ?

— Je n'ai pas retenu de chambre, ai-je avoué en désespoir de cause. Je pensais en trouver une à mon arrivée. Il y a des hôtels, non ?

— Porthkerris vit du tourisme, et la ville ne manque pas d'hôtels ; mais la plupart ferment en cette saison.

— Connaissez-vous des hôtels ouverts ces temps-ci ?

— Tout dépend du prix que vous voulez mettre. (Il évalua du coin de l'œil mon jean trempé, mes chaussures usées et mon vieux manteau de peau, doublé de fourrure, qui m'apportait chaleur et confort, mais qui sentait maintenant le chien mouillé.) Nous avons toute la gamme, depuis le *Castle*, où vous dînez en tenue de soirée et où vous dansez le fox-trot au son d'un orchestre, jusqu'au *Bed and Breakfast* de Mrs. Kernow, au numéro 2, Fish Lane... que je vous recommande. J'ai habité chez elle trois bons mois avant de m'installer dans mes meubles. Ses prix sont très raisonnables.

— Vous habitez ici ? ai-je demandé, surprise.

— Oui, depuis six mois.

— Et ce magasin de New Kings Road où j'ai acheté mes chaises ?

— J'étais venu aider pendant un jour ou deux.

Nous arrivions à un carrefour. Il a ralenti et il s'est tourné vers moi.

— Êtes-vous allée chercher ces chaises ?

— Non, mais je les ai payées. Je les prendrai à mon retour.

Il a approuvé, puis nous avons roulé en silence à travers un village et dans un coin de campagne sauvage, surplombant la mer. Ensuite, la route redescendait entre deux rangées d'arbres. A travers leurs troncs et leurs branches tordus par le vent j'ai aperçu au loin, en contrebas, le scintillement d'une petite ville.

— Porthkerris ? ai-je demandé.

— Exactement, et vous devrez bientôt me dire si vous avez opté pour le *Castle* ou pour Fish Lane.

Cette question m'embarrassait. Le *Castle* était évidemment au-delà de mes moyens, mais Fish Lane me placerait sans aucun doute dans une situation de dépendance vis-à-vis de mon guide. Je venais à Porthkerris afin de rencontrer Grenville Bayliss, et je craignais par-dessus tout de me laisser harponner par cet étrange personnage.

— Non, pas le *Castle*...

Je me proposais de lui suggérer un autre établissement, plus modeste, mais il a coupé court à mes hésitations en déclarant d'un ton sans réplique :

— Alors Mrs. Kernow, sur Fish Lane ; vous n'aurez pas à le regretter.

Dans l'obscurité et sous un déluge de pluie, Porthkerris m'a laissé une impression pour le moins mitigée. La ville semblait presque vide et les lumières se réfléchissaient dans les rues désertes et mouillées. Des torrents d'eau coulaient le long des caniveaux.

A toute allure, nous avons parcouru un labyrinthe de petites rues tortueuses, puis émergé sur une route le long du port, avant de plonger à nouveau au milieu des rues pavées et des maisons hétéroclites.

Pour finir, nous nous sommes engagés dans une rue

étroite, bordée d'une rangée de maisons grises, dont la porte d'entrée donnait directement sur le trottoir.

Toutes semblaient parfaitement correctes et décentes. Derrière les fenêtres, ornées de rideaux de dentelle, apparaissaient des statuettes de petits chiens et de chérubins, ou de grandes plantes vertes en pots.

La voiture a ralenti, puis elle s'est arrêtée.

— Nous y sommes, a déclaré mon chauffeur.

J'entendais le gémissement du vent, dominé par le bruit des vagues toutes proches — un véritable grondement de tonnerre lorsqu'elles se brisaient sur la plage, suivi d'un long sifflement chaque fois qu'elles se retiraient.

— Je ne connais même pas votre nom, a-t-il ajouté.

— Rebecca Bayliss. Et vous ?

— Joss Gardner... Joss est le diminutif de Jocelyn, et non de Joseph.

Après m'avoir donné cette précieuse information, il est allé sonner à une porte, et, en attendant la réponse, il a soulevé la toile goudronnée qui abritait mon sac de montagne. Au moment où il soulevait ce fardeau, la porte s'est ouverte et un flot de lumière a inondé son visage.

— Joss !

— Bonsoir, Mrs. Kernow.

— Que faites-vous par ici ?

— Je vous amène une visiteuse. Je lui ai dit que vous aviez le meilleur hôtel de Porthkerris.

— Oh, mon Dieu, je ne loue pas de chambres en cette saison. Mais entrez donc ; ne restez pas sous cette pluie. Quel sale temps ! Tom a été appelé par le garde-côte ; il y a eu une alerte du côté de Trevose, mais ça m'étonne, je n'ai pas entendu les fusées...

La porte une fois refermée, nous étions à l'étroit dans le vestibule.

— Venez donc vous réchauffer au coin du feu... Je vais vous faire une tasse de thé.

Nous avons suivi Mrs. Kernow dans un minuscule salon encombré et confortable. Elle s'est agenouillée pour attiser le feu et ajouter un peu de charbon dans l'âtre. J'ai pu enfin l'observer à loisir : une petite femme d'un âge respectable, portant des lunettes, et chaussée de pantoufles. Elle était revêtue d'une austère robe brune, cachée par un tablier.

— Ne vous dérangez pas, a grommelé Joss. Dites-nous seulement si vous pouvez louer une chambre à Rebecca pour un jour ou deux.

Mrs. Kernow s'était relevée, et elle m'observait d'un air indécis. Vu mon allure lamentable et mon odeur de chien mouillé, je comprenais son manque d'enthousiasme.

— Eh bien, je ne sais pas...

J'allais ouvrir la bouche, mais Joss est intervenu sans me laisser prononcer un seul mot.

— Je me porte garant de Rebecca. C'est une personne tout à fait respectable, et je vous assure qu'elle ne se sauvera pas en emportant vos petites cuillères.

Les yeux bleus de Mrs. Kernow se sont éclairés, et elle a souri.

— Bon, puisque la chambre est vide, elle peut l'occuper. Mais je ne peux pas lui servir à dîner ce soir, car je n'attendais personne. A part quelques petits gâteaux, je n'ai plus rien !

— Aucun problème, a déclaré Joss, je m'occupe d'elle.

J'aurais voulu protester, mais, une fois encore, il ne m'a pas donné le temps de réagir.

— Je laisse Rebecca s'installer et ranger ses affaires, et je reviens. (Il jeta un coup d'œil à sa montre.) Soyez prête à 19 h 30, reprit-il, en jetant un regard dans ma direction. Ça vous va ? Et vous, Mrs. Kernow, vous êtes un ange ; je vous aime comme une mère.

Un bras passé autour de ses épaules, il l'embrassa sur la joue, puis il s'en alla avec un dernier sourire à mon intention.

— C'est un charmant garçon, me confia Mrs. Kernow en l'entendant démarrer. Il a habité trois bons mois ici... Et maintenant, ramassez votre sac, je vais vous montrer votre chambre. Elle doit être un peu froide, mais il suffira de brancher le radiateur électrique. Et l'eau est chaude, si vous voulez prendre un bain. On se sent si dégoûtant après ces voyages en train !

Ma chambre était minuscule, comme toutes les autres pièces de la maison, et un énorme lit à deux places en occupait pratiquement tout l'espace. Mais elle était propre et elle ne tarda pas à se réchauffer. Après m'avoir indiqué la salle de bains, Mrs. Kernow me laissa seule.

J'ai ouvert les rideaux et je me suis agenouillée devant une fenêtre basse. Le chambranle usé était bouché hermétiquement à l'aide de joints en caoutchouc et les vitres assombries ruisselaient de pluie. Il n'y avait rien à voir, mais je suis restée là, à me demander ce que je faisais dans cette maisonnette et pourquoi la réapparition soudaine de Joss Gardner avait éveillé en moi cet inexplicable malaise.

4

Je me sentais sur une mauvaise pente ; il fallait absolument que je reprenne confiance et que je cesse de jouer ce rôle d'orpheline en détresse qui m'était soudain dévolu. Un bain chaud m'ayant un peu remonté le moral, je me suis brossé les cheveux, puis fait les yeux, et j'ai vidé sur moi les dernières gouttes d'un coûteux parfum. J'avais déjà sorti une robe de mon indispensable sac de montagne et je l'avais suspendue à un cintre, dans l'espoir de la défroisser. Je pouvais maintenant m'habiller : ma robe de cotonnade, à manches longues, s'harmonisait parfaitement avec mes collants sombres et mes chaussures à talons, ornées de boucles anciennes, que j'avais dénichées dans un étalage de Portobello Road.

Comme je fixais des perles à mes oreilles, j'ai entendu, malgré le fracas assourdissant du vent, les pneus de la petite camionnette de Joss Gardner résonner sur les pavés. Il s'est arrêté avec un grincement strident devant la porte, et, au bout d'un instant, je l'ai entendu nous appeler du rez-de-chaussée, Mrs. Kernow et moi.

J'ai continué à visser mon second pendentif, comme si de rien n'était, puis j'ai pris mon sac et mon manteau de cuir. Je l'avais étendu près du radiateur électrique pour le faire sécher, mais en vain. Il dégageait une effroyable odeur de chien mouillé, et il pesait des tonnes. Mon manteau sur le bras, j'ai descendu l'escalier.

Joss, qui m'attendait dans le vestibule, a levé les yeux vers moi.

— Ah, vous êtes méconnaissable ! Comment vous sentez-vous ?

— Mieux.

— Donnez-moi votre manteau.

Il allait m'en revêtir, quand, changeant de tactique, il s'agenouilla en faisant mine de ployer sous son poids.

— Vous ne pourrez pas tenir debout avec ce vêtement ! Il est imbibé d'eau et lourd comme du plomb.

— Je n'ai rien d'autre à me mettre.

Mon manteau toujours à bout de bras, il éclata de rire ; mais une telle consternation devait se lire sur mon visage qu'il s'arrêta net pour appeler Mrs. Kernow à l'aide. Elle apparut, avec un air mi-exaspéré, mi-attendri. Il lui tendit mon vêtement trempé qu'elle mit aussitôt à sécher.

Après avoir déboutonné son ciré noir, il le déposa avec une certaine grâce sur mes épaules. Il portait dessous un pull gris clair, et un foulard de coton autour du cou.

— Maintenant, nous sommes prêts, a-t-il proclamé, et il a ouvert la porte.

En voyant un rideau de pluie torrentielle déferler devant mes yeux, j'ai protesté : il ne pouvait pas sortir ainsi !

— Allons-y vite, a-t-il répliqué avec assurance.

J'ai suivi ses conseils, et j'ai foncé en avant. Un

instant plus tard, nous étions dans la camionnette, à peine mouillés, et les portes bien fermées tandis que la tempête faisait rage. Pourtant, de petites flaques d'eau sur mon siège et à mes pieds suggéraient que l'étanchéité de ce véhicule laissait à désirer.

Joss mit le moteur en marche. Au milieu de toute cette humidité, j'avais l'impression d'être lancée dans une course sur un bateau à moteur qui prenait l'eau.

— Où allons-nous ? ai-je demandé.

— A *L'Ancre de marine*. Un endroit sans prétention, au coin de la rue. Ça ne vous ennuie pas ?

— Non, pourquoi ?

— Vous pourriez préférer le *Castle*.

— Pour danser le fox-trot au son d'un orchestre ?

— Personne ne m'a jamais appris à danser le fox-trot, grogna Joss en faisant la grimace.

En sortant de Fish Lane, il prit un ou deux virages à angle droit et déboucha sur une petite place, après être passé sous une arcade de pierre. D'un côté, on pouvait distinguer la forme basse et irrégulière d'une vieille auberge. Une vive lumière brillait aux fenêtres et derrière la porte biscornue ; l'enseigne se balançait en grinçant dans le vent, et trois ou quatre voitures étaient déjà garées à l'extérieur. Joss inséra avec précision sa camionnette dans un espace exigu entre deux d'entre elles. Puis il arrêta le moteur et compta « Un, deux, trois » avant de foncer sous le porche.

Une fois à l'abri, il a chassé d'une secousse les gouttelettes accrochées à la surface de son pull-over. Puis, ayant repris son ciré que je portais sur mes épaules, il a ouvert la porte devant moi.

Il faisait chaud, dans cette salle à plafond bas, imprégnée de l'odeur habituelle des pubs — relents de bière, de fumée de pipe et de bois moisi. Il y avait un bar, avec de hauts tabourets, et quelques tables au bout de la salle. Dans un coin, deux vieux habitués jouaient aux fléchettes.

— Salut, Joss, a grommelé le patron.

Joss a accroché son ciré au portemanteau et il a fait les présentations.

— Rebecca, je vous présente Tommy Williams. Il a toujours vécu ici et Porthkerris n'a aucun secret pour lui. Si vous avez besoin d'un renseignement, allez le trouver sans hésiter !

Tommy avait des cheveux grisonnants et un visage ridé, et j'ai pensé qu'il était certainement pêcheur à ses heures. Nous nous sommes installés sur des tabourets. Joss a commandé un whisky-soda pour moi, et un whisky à l'eau pour lui ; Tommy a exécuté la commande aussitôt, et les deux hommes ont engagé la conversation à bâtons rompus, comme le font toujours les hommes dans les pubs.

— Où en sont tes projets ? a demandé Tommy.

— Ça avance, a répondu Joss.

— Quand ouvres-tu ?

— A Pâques, avec un peu de chance.

— Tout est prêt ?

— Plus ou moins.

— Qui s'occupe de la menuiserie ?

— Je m'en charge moi-même.

— Ça te fait faire des économies !

J'ai allumé une cigarette et j'ai regardé autour de moi en prêtant une oreille distraite à leur conversation. Les habitués jouaient toujours aux fléchettes ; un jeune couple en tenue débraillée discutait devant des chopes de bière, avec une intense concentration. Le sujet abordé — qu'il s'agît de philosophie, de peinture ou du paiement de leur prochain loyer — semblait passionnant.

Dans un coin, deux hommes et deux femmes d'une élégance faussement désinvolte ne passaient pas inaperçus. Sans doute des clients du *Castle*, venus flâner en ville pour se consoler du mauvais temps. Ils avaient l'air de se sentir mal à l'aise et impatients de retrouver le confort velouté du grand hôtel sur les hauteurs.

J'ai balayé du regard l'ensemble de la pièce, et c'est alors que j'ai aperçu le chien. Un magnifique setter irlandais au poil luisant, dont la queue brillait sur le dallage comme un panache cuivré, qu'il remuait de temps à autre en signe d'approbation.

Intriguée, j'ai examiné l'homme à qui semblait appartenir cet extraordinaire animal, et le maître m'a paru au moins aussi intéressant que son chien... Assis, le coude sur la table et le menton reposant sur son poing, il me présentait son profil en pleine lumière, comme s'il posait pour un portrait. Il avait un élégant port de tête, et son épaisse chevelure de renard argenté était celle d'une personne qui a commencé à grisonner précocement. Étant donné sa position, je n'apercevais qu'un œil, dans une profonde orbite. Il avait un long nez aquilin, une bouche bien dessinée et un menton énergique. En observant ses poignets — qui émergeaient d'une chemise à carreaux et d'une veste de tweed gris — et la manière dont il avait disposé ses jambes sous la petite table du pub, je conclus qu'il était grand. Il mesurait sans doute plus d'un mètre quatre-vingts.

Tandis que je l'observais, il s'est mis à rire en écoutant les paroles de son compagnon. La différence entre les deux hommes a immédiatement éveillé mon attention : l'un était mince et élégant, l'autre petit, gras et rougeaud ! Affublé d'un blazer bleu marine étriqué, il semblait sur le point d'étouffer, tant le col de sa chemise le serrait. Malgré la température modérée du pub, son front brillait de sueur. Sa coupe de cheveux m'intrigua : une longue mèche grasse était rabattue sur son crâne de manière à dissimuler une large calvitie.

L'homme au chien ne fumait pas, mais l'homme à l'embonpoint imposant a écrasé son mégot dans le cendrier posé sur la table, comme pour insister sur les paroles qu'il venait de prononcer, puis il a tiré machinalement de sa poche un étui à cigarettes en argent.

L'homme au chien avait décidé qu'il était l'heure de partir. Il a dégagé la main sur laquelle reposait son menton, remonté sa manchette pour consulter sa montre, et terminé sa boisson. Son compagnon, apparemment d'accord pour mettre fin à l'entretien, a allumé sa cigarette à la hâte et repoussé son verre de whisky. Puis ils se sont levés en déplaçant leurs chaises dans un affreux grincement. Le chien s'est relevé lui aussi, et il a décrit des cercles joyeux avec sa queue.

Debout côte à côte, l'un petit et gras, l'autre mince et élancé, les deux hommes avaient l'air plus mal assortis que jamais. Le mince a pris son imperméable sur le dossier de sa chaise, il l'a posé sur ses épaules comme une cape, et il s'est tourné vers nous en se dirigeant vers la porte. Un instant, je me suis sentie déçue : de face, son visage ne tenait pas les promesses de son étonnant profil. Ma déception a été de courte durée, car il a soudain aperçu Joss. Ce dernier, prenant sans doute conscience d'une présence, s'est interrompu et a tourné la tête vers lui. Ils paraissaient tous deux déconcertés, mais l'inconnu a fini par sourire. Les plis autour de ses yeux et les sillons qui se gravaient dans ses joues tannées lui donnaient un charme irrésistible.

— Joss, on ne s'est pas vus depuis longtemps ! (Il avait une voix agréable et amicale.)

— Salut, a répliqué Joss, toujours sur son tabouret.

— Je te croyais à Londres !

Surprise par le grincement de la porte, j'ai aperçu, l'individu ventripotent en train de filer discrètement. Sans doute avait-il un rendez-vous urgent.

— Je dirai à mon grand-père que je t'ai vu.

— Oui, c'est ça.

L'homme au chien a posé son regard sur moi, puis il a détourné les yeux. Je m'attendais à des présentations, mais Joss n'a pas bronché. Bizarrement, cette absence de bonnes manières m'a fait l'effet d'une gifle.

— A bientôt, Joss, a grommelé l'homme au chien.

Puis il a ouvert la porte pour laisser passer son setter devant lui.

— Bonsoir, Tommy, a-t-il ajouté à l'intention du patron.

— Bonsoir, Mr. Bayliss.

La porte s'est refermée. J'ai senti une secousse dans mon crâne, comme si quelqu'un avait tiré sur une ficelle. Mue par un réflexe, j'ai glissé de mon tabouret, pour lui emboîter le pas, mais Joss m'a retenue par le bras. Pendant une seconde qui me parut interminable, j'ai soutenu son regard et je me suis dégagée d'un geste brusque. A l'extérieur, une voiture a démarré. Il était déjà trop tard.

— Qui est-ce ? ai-je demandé.

— Eliot Bayliss.

Eliot ! Le fils de Roger et de Mollie, le petit-fils de Grenville Bayliss. Mon propre cousin...

— Eliot est mon cousin.

— Je ne savais pas.

— Vous connaissez mon nom. Pourquoi ne lui avez-vous rien dit ? Et pourquoi m'avez-vous retenue ?

— Vous ne tarderez pas à le rencontrer. Il est trop tard, ce soir, pour les réunions de famille.

— Je suis la petite-fille de Grenville Bayliss !

— Je me doutais que vous étiez parents, a repris froidement Joss. Et maintenant, reprenez à boire.

Furieuse, j'ai refusé d'un ton sec.

— Eh bien, allons dîner.

— Je n'ai pas faim.

Je ne voulais vraiment plus entendre parler de ce personnage grossier et arrogant. Je l'ai regardé finir son verre et descendre de son tabouret, en pensant qu'il allait me prendre au mot et me reconduire à Fish Lane, le ventre vide. Mais il ne s'est pas laissé impressionner par mes paroles : après avoir payé le patron, il a traversé le bar, ouvert une porte et grimpé un escalier menant à un petit restaurant. Je l'ai suivi car je n'avais pas le choix, et d'ailleurs j'étais affamée.

Presque toutes les tables semblaient déjà occupées, mais une serveuse a reconnu Joss. Elle lui a dit bonsoir et elle nous a conduits à la meilleure table de la salle, dans l'étroite alcôve d'un bow-window. Derrière les vitres, on pouvait distinguer les toits ruisselant de pluie, et, au-delà, la masse sombre du port, avec le scintillement des quais et des bateaux de pêche.

Nous étions assis face à face, mais j'étais encore trop irritée pour le regarder. Tandis que je traçais du bout du doigt des dessins sur le napperon, il a passé la commande sans prendre la peine de me demander mon avis. J'entendis la serveuse, apparemment intriguée par son étrange attitude, lui demander : « Pour la demoiselle aussi ? » « Oui, pour elle aussi », a-t-il maugréé. Elle s'éloigna aussitôt, nous laissant en tête à tête.

Au bout d'un moment, j'ai fini par lever les yeux. Il

m'a regardée d'un air sombre, sans ciller. Le silence devenait pesant, et j'avais la bizarre impression qu'il s'attendait à des excuses.

— Si vous m'empêchez de parler à Eliot Bayliss, peut-être pourriez-vous me parler *de lui*, ai-je demandé comme une automate.

— Que voulez-vous savoir ?

— Est-il marié ? (C'était la première question qui me venait à l'esprit.)

— Non.

— Il est bel homme. (Joss approuva d'un signe de tête.) Vit-il tout seul ?

— Non, il vit avec sa mère. Ils ont une maison dans les hauteurs de High Cross, à une dizaine de kilomètres d'ici. Mais, depuis environ un an, ils se sont installés à Boscarva pour tenir compagnie à Grenville Bayliss.

— Mon grand-père est-il malade ?

— Vous n'en savez pas long sur votre famille, il me semble !

— Non ! lançai-je d'un ton plein de défi.

— Grenville Bayliss a eu une crise cardiaque, il y a une dizaine d'années. A cette époque, il a arrêté de peindre, mais, solide comme il est, il a repris le dessus miraculeusement. Il ne voulait pas quitter Boscarva, et un couple de domestiques s'occupait de lui...

— Les Pettifer ?

Joss a froncé les sourcils.

— Comment le savez-vous ?

— Ma mère m'a parlé d'eux. (L'époque où ils prenaient le thé ensemble au coin du feu me revenait à l'esprit.) Je ne les croyais plus de ce monde.

— Quand Mrs. Pettifer est morte, l'année dernière, Pettifer et votre grand-père sont restés seuls. Grenville a maintenant quatre-vingts ans, et Pettifer n'est guère plus jeune. Mollie Bayliss souhaitait qu'ils viennent habiter High Cross avec elle, après avoir vendu Boscarva, mais votre grand-père n'a pas voulu en entendre parler ! Pour finir, Eliot et elle se sont installés auprès de lui. Sans grand enthousiasme, je vous assure. (Appuyé au dossier de sa chaise, il posa ses mains longues et fines sur le bord de la table.) Votre mère... Elle s'appelait Lisa ?

J'ai hoché la tête.

— Je savais que Grenville avait une fille, qui avait elle-même eu une fille, mais le fait que vous vous appeliez Bayliss m'a induit en erreur.

— Mon père a abandonné ma mère avant ma naissance ; je n'ai jamais porté son nom.

— Où est-elle maintenant ?

— Elle vient de mourir, à Ibiza. Il y a quelques jours à peine, ai-je murmuré. (Tout à coup, il me semblait qu'une éternité venait de s'écouler.)

— Oh, pardon !

J'ai fait un geste vague, car aucun mot ne me venait à l'esprit.

— Votre grand-père est-il au courant ? a repris Joss.

— Je n'en sais rien.

— Allez-vous lui annoncer la nouvelle ?

— Je suppose qu'il le faut. (Je me sentais angoissée à cette idée.)

— Lui avez-vous annoncé votre arrivée ?

— Il ne me connaît même pas ! Je veux dire que nous ne nous sommes jamais vus. C'est la première fois que je mets les pieds ici, et je vous avoue que je ne sais même pas où il habite.

— De toute façon, vous allez lui donner de grandes émotions.

— Est-il fragile ? ai-je demandé avec inquiétude.

— Non, il a une force inouïe ; mais il commence à se faire vieux.

— Ma mère le trouvait imposant. Est-il toujours ainsi ?

Joss fit une étrange grimace qui ne me rassura en rien.

— Je dirais même... terrifiant.

La serveuse nous apportait une soupe épaisse et fumante. J'avais si faim que j'ai vidé mon bol jusqu'à la dernière goutte, sans un mot. Quand j'ai reposé ma cuillère, Joss m'a regardée en marmonnant :

— Pour quelqu'un qui voulait se passer de repas, vous ne vous en tirez pas trop mal !

Décidée à garder mon calme, j'ai repoussé mon bol vide, et, les coudes sur la table, je l'ai questionné :

— Comment êtes-vous si bien informé de tout ce qui concerne la famille Bayliss ?

Joss n'avait pas englouti sa soupe aussi vite que moi. Il beurrait maintenant un petit pain en prenant tout son temps.

— C'est tout simple ! Je vais souvent travailler à Boscarva.

— Quel genre de travail ?

— Eh bien, je restaure des meubles anciens. Cessez de me regarder avec des yeux ronds, cette expression ne vous met pas en valeur !

— Vous vous moquez de moi ?

— Pas du tout. La maison de Grenville Bayliss regorge de meubles anciens. A l'époque où il gagnait beaucoup d'argent, il a acheté de nombreuses antiquités de grande valeur. Certaines d'entre elles sont maintenant en très mauvais état. Ce n'est pas faute d'avoir été cirées consciencieusement ; mais il a installé le chauffage central il y a une dizaine d'années. Rien de pire pour des meubles anciens ! Les tiroirs rétrécissent, les vernis se craquellent et les pieds tombent des chaises. A propos, reprit-il, le visage éclairé par ce souvenir, c'est moi qui ai réparé votre chaise en merisier.

— Depuis quand faites-vous cela ?

— Voyons un peu... J'ai quitté l'école à dix-sept ans, et j'en ai maintenant vingt-quatre. Ça doit faire sept ans.

— Mais vous avez dû suivre des cours ?

— Oh, naturellement ! D'abord quatre ans de menuiserie dans une école à Londres, et ensuite deux ans d'apprentissage dans l'atelier d'un vieil ébéniste du Sussex. J'habitais chez lui ; il me confiait le sale boulot, mais il m'a tout appris...

— Ça ne fait que six ans, vous oubliez une année, observai-je après un simple calcul mental.

— J'ai pris, en cours de route, une année sabbatique. Mes parents me trouvaient trop casanier. Ils m'ont envoyé chez un cousin qui possède un ranch dans les Rocheuses, au sud-ouest du Colorado. J'y ai travaillé au moins neuf mois. (Il fronça les sourcils.) Pourquoi souriez-vous ?

— La première fois que je vous ai vu, dans ce magasin de Londres, je vous avais pris pour un cowboy... un vrai. Et j'étais désolée de m'être trompée.

— Et vous, savez-vous de quoi vous aviez l'air ?

— Non, ai-je répondu froidement.

— De la surveillante en chef d'un orphelinat. Ça m'a désolé, moi aussi.

Après cet échange de paroles cinglantes, nous étions une fois de plus à couteaux tirés.

Je l'ai regardé avec lassitude finir allégrement sa

soupe. La serveuse est venue prendre les bols vides et poser devant nous une carafe de vin rouge. Je n'avais pas entendu Joss passer la commande. Tandis qu'il emplissait nos deux verres de ses longs doigts fuselés, je l'imaginais travaillant le bois et manipulant de beaux objets anciens, les mesurant, les modelant et leur donnant forme. Puis j'ai soulevé mon verre, rougeoyant à la lumière comme un rubis, et j'ai continué à le questionner.

— En dehors de la restauration des meubles de Grenville Bayliss, avez-vous d'autres occupations à Porthkerris ?

— Oui, j'ouvre un magasin. J'ai loué un local sur le port il y a à peu près six mois, et je suis en train de l'aménager. J'espère être prêt aux environs de Pâques ou de la Pentecôte... enfin dès que la saison va démarrer.

— C'est un magasin d'antiquités ?

— Non, des meubles modernes, de la verrerie, des tissus ; mais avec un atelier de restauration dans l'arrière-boutique. J'ai aussi un coin où j'habite maintenant, ce qui vous a permis de prendre mon ancienne chambre chez Mrs. Kernow. Le jour où vous aurez décidé de m'accorder votre confiance, je vous ferai visiter mon perchoir, en haut d'un escalier branlant.

— Si vous travaillez ici, que faisiez-vous dans ce magasin de Londres ? ai-je demandé, sans prêter attention à cette dernière boutade.

— Tristram est un ami ; je passe le voir chaque fois que je séjourne à Londres.

J'ai froncé les sourcils. Toutes ces coïncidences me troublaient ! Nos vies semblaient reliées par des fils imprévisibles. En le regardant avaler sa dernière gorgée de vin, je me suis sentie mal à l'aise comme au début de la soirée. J'avais des milliers de questions à lui poser, mais avant d'avoir eu le temps de formuler la première, j'ai vu la serveuse revenir à notre table avec des steaks-frites, accompagnés de légumes et d'une salade. Dès qu'elle s'est éloignée, j'ai demandé :

— Que fait Eliot Bayliss ?

— Eliot ? Il a un garage à High Cross. C'est un spécialiste des grosses cylindrées d'occasion — Mercedes, Alfa Romeo... Si vous avez un compte en banque bien garni, il peut vous procurer pratiquement tout ce que vous voulez.

— Vous ne l'aimez pas beaucoup, il me semble.

— Je n'ai jamais dit ça.

— Vous n'avez pas besoin de le dire !

— J'aurais plutôt tendance à penser que c'est lui qui ne m'aime pas.

— Pourquoi ?

— Je n'en sais rien. (Une lueur d'amusement brillait dans ses yeux quand il m'a regardée.) Vous devriez terminer votre steak ; il est en train de refroidir.

Quand Joss m'a reconduite, il pleuvait toujours, et je me suis sentie brusquement à bout de forces. Il a garé sa voiture devant la porte de Mrs. Kernow, sans arrêter le moteur. Je l'ai remercié et je lui ai dit bonsoir en ouvrant la porte, mais il m'a arrêtée d'un geste au moment où j'allais sortir.

— Allez-vous demain à Boscarva ? m'a-t-il demandé.

— Oui.

— Je vous y emmène.

— Je peux y aller toute seule !

— Vous ne savez même pas où est la maison, et il faut grimper dur pour y arriver. Je passerai vous chercher en voiture vers 11 heures.

Sachant qu'il était inutile de discuter avec lui, j'ai renoncé à protester. Il m'a ouvert la porte et il a murmuré :

— Au revoir, Rebecca, à demain matin.

5

Le vent souffla pendant toute la nuit, mais, à mon réveil, j'aperçus par la fenêtre de ma chambre un carré de ciel bleu, traversé par quelques nuages floconneux filant à toute allure. Il faisait très froid. Je me suis levée courageusement, et, une fois habillée, je suis descendue à la recherche de Mrs. Kernow. Elle était en train d'accrocher sa lessive dans la petite cour derrière la maison, trop occupée à batailler contre des draps et des serviettes gonflés de vent pour remarquer ma présence. Quand elle m'a vue surgir entre une chemise et un modeste jupon de jersey, elle a poussé un cri de frayeur, puis elle a éclaté de rire.

— Vous m'avez fait peur, m'a-t-elle dit. Je vous croyais encore au lit ! J'espère que vous avez passé une bonne nuit. Ce maudit vent ne veut pas céder, mais il ne pleut plus, grâce au ciel. Voulez-vous votre petit déjeuner ?

— Peut-être une tasse de thé.

Je l'ai aidée à étendre le reste de son linge, puis elle a repris son panier vide et je l'ai suivie dans la maison. Tandis que je m'asseyais devant la table de cuisine, elle a mis la bouilloire sur le feu et le bacon dans la poêle à frire.

— Contente de votre soirée à *L'Ancre de marine* ? a demandé ma logeuse. Tommy Williams connaît son métier ; chez lui ça ne désemplit pas, été comme hiver. J'ai entendu Joss vous raccompagner. Un charmant garçon ! Il me manque depuis qu'il a déménagé. Je vais de temps en temps faire un peu de ménage chez lui, et je rapporte son linge à laver ici. C'est malheureux qu'un jeune homme si bien reste seul, sans personne pour s'occuper de lui !

— Il me semble que Joss se débrouille par ses propres moyens.

— Les hommes ne sont pas faits pour les tâches ménagères. (De toute évidence, Mrs. Kernow n'avait rien d'une militante féministe !) Et puis, il a bien assez de travail chez Mr. Bayliss.

— Connaissez-vous Mr. Bayliss ?

— Bien sûr, tout le monde le connaît ! Ça fait bien cinquante ans qu'il vit ici maintenant. Un vieux de la vieille... Et un bon peintre, avant qu'il tombe malade. Tous les ans, il faisait une exposition, et des tas de gens venaient de Londres. Des gens célèbres... Ces derniers temps, on ne le voit plus beaucoup. Il ne peut plus monter et descendre la colline comme avant ; et Pettifer a bien du mal à se faufiler dans les rues étroites avec cette grosse voiture. Surtout l'été, il y a trop de monde et de circulation ; notre petite ville est bondée. On dirait que la moitié du pays se donne rendez-vous chez nous !

Elle fit glisser le bacon sur une assiette chaude qu'elle déposa devant moi.

— Allez, mangez vite, ça va refroidir.

— Mrs. Kernow, je suis la petite-fille de Mr. Bayliss.

— Sa petite-fille ! s'est-elle exclamée. Mais alors, votre mère est...

— Lisa.

— La fille de Lisa ! (Elle prit une chaise et s'assit pensivement. Elle semblait bouleversée.) Joss est-il au courant ?

— Oui, depuis hier soir, répondis-je, déconcertée par cette question.

— C'était une gentille gamine. (Elle me dévisageait d'un œil aigu.) Vous lui ressemblez... Mais vous êtes blonde, et elle était si brune ! Elle nous a manqué quand elle est partie. Et maintenant, que devient-elle ?

Je lui ai annoncé la nouvelle.

— Mr. Bayliss sait-il que vous êtes ici ? m'a-t-elle demandé après un moment de silence.

— Non.

— Allez-y vite. Il va en faire une tête, en vous voyant ! Vous savez, il adorait votre mère...

Une larme brillait dans ses yeux. Pour ne pas céder à l'émotion, je l'ai interrompue.

— Je ne sais même pas où habite mon grand-père.

Elle a essayé de me donner des explications, mais, dans son trouble, elle nous confondait, ma mère et moi. Tandis qu'elle me traçait un plan succinct au dos d'une enveloppe, je me suis rappelé subitement la promesse de Joss : il devait venir me chercher à 11 heures avec sa vieille guimbarde pour me conduire à Boscarva.

Il me semblait subitement préférable d'y aller tout de suite et par mes propres moyens... Le soir précédent, je m'étais montrée beaucoup trop docile et soumise à l'égard de Joss ; je devais maintenant retrouver mon libre arbitre. Réjouie par cette pensée, je suis montée chercher mon manteau d'un cœur léger.

Dehors, le vent qui s'engouffrait dans l'étroite ruelle comme un courant d'air dans une cheminée me prit à la gorge. Un vent froid, imprégné de l'odeur de la mer, mais un soleil éblouissant surgit bientôt derrière les nuages. Au-dessus de moi, les mouettes se laissaient flotter et poussaient des cris stridents, leurs ailes comme des voiles blanches sur le bleu du ciel.

Après quelques mètres, les étroites rues pavées ont commencé à monter en pente raide, au milieu des maisons disposées au petit bonheur. J'ai gravi des escaliers et des ruelles escarpées ; à mesure que j'avançais, le vent devenait de plus en plus violent. La ville s'étendait à mes pieds ; l'océan prenait une teinte bleu marine, striée de jade et de pourpre, et mouchetée d'écume. A l'horizon, il se confondait avec le ciel, tandis que la ville et le port devenaient une sorte de modèle réduit, insignifiant...

Je me suis arrêtée pour reprendre mon souffle, et j'ai éprouvé une étrange sensation : cet endroit inconnu me semblait tout à fait familier. Je me sentais chez moi, comme si je revenais en un lieu que j'avais toujours connu. Bien que j'aie fort peu pensé à ma mère depuis le moment où j'avais décidé de venir à Porthkerris, j'avais tout à coup l'impression qu'elle était à mes côtés, gravissant de ses longues jambes les rues en pente, à bout de souffle et réchauffée par l'effort — comme moi.

Grâce à cette sensation de déjà vu, je me suis sentie moins seule et plus courageuse. J'ai poursuivi mon chemin en me félicitant de ne pas avoir attendu Joss. Sa présence me contrariait, mais j'étais incapable de m'expliquer pourquoi. Il avait fait preuve d'une grande amabilité, répondant à toutes mes questions et donnant des explications plausibles à chacun de ses faits et gestes.

Assurément, le courant ne passait pas entre Eliot

Bayliss et lui ; cette inimitié me semblait explicable. Les deux jeunes gens n'avaient aucun point commun. Eliot habitait Boscarva — contre son gré, sans doute — mais il était un Bayliss, et il se sentait chez lui dans cette maison. Par ailleurs, les fonctions de Joss lui donnaient toute liberté d'y circuler aux heures qui lui convenaient. Il devait apparaître à l'improviste, peut-être à des moments où sa présence était inopportune. Je l'imaginais en bons termes avec tout le monde, mais parfois encombrant et surtout naïvement sans-gêne. Un homme comme Eliot devait mal tolérer cette désinvolture, et Joss en avait conscience.

Perdue dans mes pensées, j'avais consacré toute mon énergie à l'escalade, sans prêter attention à l'environnement. La route s'est aplanie sous mes pieds, et je me suis arrêtée pour me repérer : à n'en pas douter, j'avais atteint le haut de la colline. Derrière moi et en contrebas s'étalait la ville ; devant, j'apercevais la côte dont la ligne déchiquetée disparaissait à l'horizon. Elle bordait une campagne verdoyante, parsemée de fermes et de champs minuscules, et traversée de vallées profondes. Ici et là surgissaient des ormes rabougris et des buissons d'aubépine, au milieu de ruisseaux descendant jusqu'à la mer.

J'ai regardé autour de moi : un an plus tôt, c'était sans doute encore la campagne. Mais une ferme avait été vendue, des bulldozers étaient arrivés, et on avait abattu d'anciennes haies, nivelé la terre. Un ensemble immobilier émergeait progressivement... Un hideux chantier, avec des bétonneuses en action, un camion roulant dans la boue, des montagnes de briques et de béton, et, bien en vue, un panneau annonçant fièrement le nom de l'homme responsable de ce désastre :

Ernest PADLOW

CHARMANTES VILLAS INDIVIDUELLES
À VENDRE
S'adresser à Sea Lane, Porthkerris
Téléphone : Porthkerris 873

Il s'agissait en effet de maisons individuelles, mais à peine un mètre les séparait les unes des autres, et leurs fenêtres étaient en vis-à-vis.

J'ai failli verser une larme en pensant aux champs saccagés, au paysage disparu... Comme je redessinais mentalement l'ensemble du projet immobilier, une voiture a monté la côte derrière moi et s'est arrêtée devant le panneau — une vieille Jaguar bleu marine. Un homme en veste de travail a claqué bruyamment la portière. Il tenait à la main une liasse de papiers qui voletaient dans le vent. En se retournant, il m'a aperçue. Après un instant d'hésitation, il a lissé ses cheveux sur son crâne presque chauve et il s'est dirigé vers moi.

— Bonjour. (Il me souriait familièrement, comme si nous étions de vieux amis.)

— Bonjour.

Soudain, je l'ai reconnu : la veille, il partageait la table d'Eliot Bayliss à *L'Ancre de marine* !

Il a levé les yeux vers le panneau.

— Vous voulez acheter une maison ?

— Non.

— Dommage. La vue est de toute beauté.

— Je n'ai pas besoin de maison.

— Pourtant, c'est un bon investissement.

— Vous êtes le chef de chantier ?

— Non. (Il a jeté un coup d'œil satisfait vers le panneau qui se dressait au-dessus de nous.) Je suis Ernest Padlow.

— Ah, très bien.

— Un site exceptionnel... (Il a regardé le paysage dévasté avec une certaine délectation.) Des tas de gens lorgnaient ce terrain, mais j'ai fait les yeux doux à la propriétaire — une veuve — et elle a fini par me le céder.

Un peu décontenancée, je l'ai regardé sortir une cigarette de sa poche et l'allumer, sans prendre la peine de m'en offrir une. Ses doigts étaient jaunes de nicotine. J'avais rarement eu l'occasion de rencontrer un homme aussi déplaisant !

Son attention s'est concentrée à nouveau sur moi.

— Vous êtes pas du coin, à ce qu'il me semble.

— Non.

— En visite ?

— Si on veut.

— C'est mieux hors saison. Y a moins de monde !

— Je cherche Boscarva, ai-je ajouté.

Pris au dépourvu, mon interlocuteur a abandonné ses manières bon enfant et il m'a jaugée de son regard aigu.

— Boscarva ? Vous allez chez le vieux Bayliss ?

— Oui.

Il m'a questionnée d'un air entendu :

— Pour voir Eliot ?

— Non.

Déçu par ma réponse laconique, il a fait mine de plaisanter.

— Eh bien, parlons peu, parlons bien ! Si c'est Boscarva que vous cherchez, il suffit de descendre ce petit chemin. A environ cinq cents mètres, vous apercevrez la maison, un peu plus bas, du côté de la mer. Elle a un toit de tuiles et un grand jardin tout autour. Vous ne pouvez pas vous tromper.

— Merci, et au revoir, ai-je répondu en souriant.

J'ai fait quelques pas, avec l'impression qu'il gardait les yeux fixés sur moi. Puis il a repris la parole, et je me suis tournée vers lui : il me souriait. Nous étions à nouveau les meilleurs amis du monde.

— Si vous voulez une maison, décidez-vous vite. Elles se vendent comme des petits pains !

— Merci de vos conseils, mais je n'ai pas l'intention d'acheter.

Le chemin descendait jusqu'à l'immensité bleue de la mer, à travers des prés où somnolaient de tranquilles vaches de Guernesey. Des violettes sauvages et des primevères parsemaient les talus herbeux, auxquels le soleil enfin réapparu donnait des reflets d'émeraude. Au bout d'un moment, je vis apparaître dans un tournant une barrière blanche, entre des murs de pierres sèches. L'allée serpentait à perte de vue, au milieu de hautes haies d'escallonia et d'ormes tordus par des vents implacables.

La maison n'apparaissait pas encore à l'horizon. Debout devant les barrières ouvertes, je gardais les yeux fixés sur l'allée en sentant mon courage fondre comme neige au soleil. Je ne savais que faire, ni que dire si quelqu'un m'interrogeait.

Par le plus grand des hasards, et par chance aussi, je n'eus pas de décision à prendre. Une voiture, qui n'était pas encore en vue, roulait dans ma direction depuis la maison et j'aperçus bientôt une décapotable de grand style, mais plus toute neuve. Reculant légèrement, tandis qu'elle filait devant moi comme l'éclair, j'eus tout de même le temps d'apercevoir le conducteur et le grand setter irlandais, installé sur la banquette arrière — avec cette expression béate que prennent tous les chiens lorsqu'ils partent en promenade dans une voiture décapotable.

Je croyais être passée inaperçue, mais je me trompais. Au bout d'un instant, la voiture s'est immobilisée avec un grincement de freins, en projetant une gerbe de graviers, puis elle a fait demi-tour avant de foncer dans ma direction. Eliot Bayliss, une fois son moteur arrêté, m'observait au-dessus de la place vide du passager, le coude appuyé sur le volant. Il était tête nue, dans un trois-quarts en peau de mouton, et il semblait légèrement intrigué par ma présence.

— Salut !

— Bonjour. (Je me sentais ridicule dans mon vieux manteau, avec mes cheveux dans les yeux.)

— Vous semblez perdue.

— Non, pas du tout.

Eliot continuait à me regarder avec un léger froncement de sourcils.

— Vous étiez hier soir à *L'Ancre de marine* avec Joss ?

— Oui.

— Vous cherchez Joss ? Je crois qu'il n'est pas encore arrivé. Enfin, s'il vient aujourd'hui...

— Ce n'est pas lui que je cherche.

— Qui, alors ?

— Je... Je venais voir Grenville Bayliss.

— Dans ce cas, c'est un peu tôt. Habituellement, il n'apparaît pas avant midi.

Je n'avais pas envisagé cette éventualité. Ma déception dut se lire sur mon visage, car Eliot Bayliss s'adressa à moi d'une voix feutrée et amicale.

— Permettez-moi de vous aider. Je suis Eliot Bayliss.

— Je sais... Enfin, Joss m'a mise au courant hier soir.

Un léger pli se creusa entre ses sourcils : mes relations avec Joss le préoccupaient assurément.

— Pourquoi voulez-vous voir mon grand-père ? (Sa question étant restée sans réponse, il se pencha pour ouvrir la portière.) Montez ! m'a-t-il déclaré d'un ton sans réplique.

Je suis montée et j'ai refermé la portière. Il avait certainement remarqué mon manteau informe et mon jean froissé. Le chien s'est penché en avant, et il a frôlé mon oreille de sa truffe humide et fraîche. J'ai tendu le bras pour caresser sa longue oreille soyeuse.

— Comment s'appelle-t-il ? ai-je demandé.

— Rufus. Rufus le Rouge. Mais vous n'avez toujours pas répondu à ma question !

Une autre interruption m'a sauvé la mise : la camionnette des postes s'approchait de la barrière en cahotant. Elle s'est arrêtée et le facteur a baissé sa vitre.

— Comment voulez-vous que je vous dépose le courrier si vous me barrez le passage ? a-t-il bougonné avec un sourire.

— Pardon, a répliqué Eliot sans se troubler. (Il est sorti de sa voiture et il est allé chercher une poignée de lettres et un journal que lui a tendus le facteur.) Donnez-les-moi, ça vous fera un peu de travail en moins !

— Si tout le monde en faisait autant, j'aurais plus qu'à me tourner les pouces, a plaisanté l'heureux facteur, et il a repris le volant, en direction de quelque ferme éloignée.

Eliot est remonté dans sa voiture.

— Et maintenant, que vais-je faire de vous ?

J'ai à peine entendu ses paroles car, sur la pile de courrier posée négligemment sur ses genoux, je venais d'apercevoir une enveloppe par avion — avec un cachet d'Ibiza — adressée à Mr. Grenville Bayliss.

L'écriture anguleuse de l'adresse était reconnaissable entre toutes.

Une voiture est un lieu idéal pour les confidences. Il n'y a pas de téléphone et vous ne risquez pas d'interruption inattendue.

— Cette lettre, au-dessus de la pile, vient d'un certain Otto Pedersen qui vit à Ibiza, ai-je murmuré.

Eliot a pris l'enveloppe en fronçant les sourcils. Il l'a retournée et il a vu qu'Otto en était bien l'expéditeur.

— Comment le saviez-vous ?

— J'ai reconnu son écriture. Il écrit à votre grand-père... pour lui annoncer la mort de Lisa. Elle est morte la semaine dernière. Elle vivait à Ibiza, avec Otto.

— Lisa ? Vous voulez dire Lisa Bayliss ?

— Oui, la sœur de Roger. Votre tante. Ma mère...

— Vous êtes la fille de Lisa ?

— Oui. (Je l'ai regardé droit dans les yeux.) Je suis votre cousine, et la petite-fille de Grenville Bayliss.

Ses yeux étaient d'un étrange gris-vert, comme des galets aux couleurs délavées. Sans manifester la moindre émotion ou la moindre joie, il m'a regardée d'un air absent et il a murmuré enfin :

— Le diable m'emporte !

Sa réaction m'a laissée muette. Après un long silence, il a posé la pile de courrier sur mes genoux et il a remis la voiture en marche d'un geste décidé.

— Que faites-vous ? ai-je demandé.

— Devinez ! Je vous emmène à la maison, naturellement.

A Boscarva... Après un tournant, la maison m'est apparue, comme si elle m'attendait depuis toujours. Ni grande ni petite, en pierres grises cachées sous des plantes grimpantes, avec un toit d'ardoises et une véranda en demi-cercle. La porte était ouverte, laissant apparaître un carrelage rouge et un fouillis de pots de fleurs, emplis de géraniums et de fuchsias roses ou violets. Un rideau flottait à une fenêtre de l'étage supérieur et un panache de fumée s'élevait de la cheminée. Comme nous sortions de la voiture, le soleil, caché derrière un nuage, est réapparu et il s'est mis soudain à faire très chaud.

— Venez ! a dit Eliot en me montrant le chemin, le chien sur ses talons.

Après avoir franchi le porche, nous sommes entrés dans un vestibule lambrissé qu'éclairait une grande fenêtre au détour de l'escalier. J'avais imaginé Boscarva comme une maison ancestrale et glacée, emplie de souvenirs nostalgiques. Je me trompais ! La maison était animée et bourdonnante de vie. Sur la table, il y avait des papiers, des gants de jardinage et une laisse à chien. A travers la porte de la cuisine parvenaient des bruits de voix et un cliquetis de vaisselle. Un aspirateur ronronnait à l'étage supérieur, et l'atmosphère était imprégnée d'une odeur de pierre lavée à la brosse, de parquets cirés et de feu de bois.

Au pied de l'escalier, Eliot a appelé « Maman ! », mais personne n'a répondu, et l'aspirateur a continué à ronronner. Il m'a fait signe de le suivre. Nous avons traversé le vestibule et franchi une porte donnant sur le salon — une longue pièce au plafond bas, lambrissée d'un bois clair, qu'embaumait un bouquet de fleurs printanières. Dans une cheminée de pin sculpté, ornée de carreaux hollandais, un feu crépitait joyeusement. Trois grandes fenêtres, aux rideaux de soie jaune fané, ouvraient sur une vaste terrasse ; au-delà de la balustrade, on pouvait distinguer la ligne bleue de la mer.

Debout au milieu de cette pièce accueillante, j'ai entendu Eliot Bayliss refermer la porte, puis il m'a suggéré de retirer mon manteau.

Accablée de chaleur, j'ai suivi son conseil. Mon manteau, posé sur la chaise, avait l'air de quelque grande créature inanimée.

— Quand êtes-vous arrivée ? a demandé Eliot.

— Je suis arrivée hier soir, de Londres.

— Vous habitez Londres ?

— Oui.

— Vous n'êtes jamais venue ici ?

— Je ne connaissais pas l'existence de Boscarva ; je ne savais pas que Grenville Bayliss était mon grand-père. Ma mère m'a parlé de lui pour la première fois la nuit qui a précédé sa mort.

— Et que vient faire Joss dans tout cela ?

— Je... (Cette histoire me paraissait soudain bien compliquée.) J'ai fait sa connaissance à Londres ; et je l'ai rencontré par hasard en descendant du train.

— Où habitez-vous ?

— Chez Mrs. Kernow, sur Fish Lane.

— Grenville est vieux et malade. Le savez-vous ?

— Oui.

— La lettre d'Otto Pedersen... Soyons prudents ! Ma mère serait sans doute la personne la mieux placée pour...

— Oui, bien sûr.

— Nous avons de la chance que vous ayez reconnu son écriture.

— Je pensais qu'il allait vous écrire, mais je craignais d'arriver avant sa lettre et d'avoir à annoncer moi-même la nouvelle.

— On s'en est chargé pour vous ! (Il esquissa un sourire qui le fit paraître beaucoup plus jeune, malgré l'étrange couleur de ses yeux et sa chevelure de renard argenté.) Voulez-vous m'attendre ici ? Je vais aller chercher ma mère et la mettre au courant. Une tasse de café vous ferait plaisir ?

— Si ça ne vous dérange pas.

— Aucun problème ! Je préviens Pettifer. Mettez-vous à l'aise, reprit-il en ouvrant une porte derrière lui.

La porte se referma doucement et il disparut. Pettifer... *Pettifer avait été dans la marine lui aussi. Il s'occupait de mon père et il conduisait parfois la voiture. Mrs. Pettifer faisait la cuisine.* Les paroles de ma mère me revenaient à l'esprit, mais Joss m'avait appris la mort de Mrs. Pettifer. Elle qui préparait dans la cuisine des toasts beurrés pour Lisa et son frère ; et qui tirait les rideaux pour que les enfants se sentent bien à l'abri lorsqu'il faisait nuit noire et que la pluie tombait.

Une fois seule, j'ai jeté un regard circulaire autour de moi. Une vitrine contenait des bibelots orientaux, dont plusieurs petites pièces de jade — peut-être celles dont m'avait parlé ma mère... J'ai cherché des yeux le miroir vénitien et le bureau qui lui avaient appartenu, mais un tableau, posé sur la cheminée, a captivé mon attention. Oubliant tout le reste, je me suis approchée pour mieux voir.

C'était le portrait d'une jeune fille, mince et élancée, habillée dans le style des années 30. Sa robe blanche tombait droit sur ses hanches, et ses cheveux noirs, coupés court, révélaient un long cou d'une gracieuse innocence. Elle était assise sur un haut tabouret, une rose à la main, mais on ne voyait pas son visage : elle détournait les yeux vers le soleil entrant par une fenêtre invisible. Ce tableau, tout de rose et d'or, avec le soleil filtrant à travers la mince étoffe blanche de la robe, avait un charme irrésistible.

J'ai sursauté en entendant la porte s'ouvrir derrière moi. Un vieil homme au crâne chauve, et légèrement voûté, s'est approché d'un pas lent. Il portait des lunettes à verres non cerclés, une chemise rayée avec un col dur à l'ancienne mode, et un tablier bleu et blanc de boucher.

— Vous êtes la demoiselle qui a demandé une tasse de café ? (Sa voix caverneuse et son air sombre lui donnaient l'air d'un entrepreneur de pompes funèbres.)

— Oui, si ça ne vous dérange pas trop.

— Du lait et du sucre ?

— Pas de sucre, et juste une goutte de lait. J'admirais ce portrait...

— N'est-ce pas qu'il est beau ? Il s'intitule *la Dame à la rose.*

— On ne voit pas son visage... Une œuvre de Mr. Bayliss ?

— Bien sûr. Le Commandant a exposé ce portrait à l'Académie et il aurait eu des centaines d'occasions de le vendre ; mais il n'a jamais voulu s'en séparer. (Tout en parlant, il avait retiré ses lunettes avec précaution et il m'observait de ses yeux pâles.) Pendant un moment, reprit-il, vous m'avez rappelé quelqu'un ; mais vous êtes jeune et elle doit avoir maintenant le double de votre âge. Et puis ses cheveux étaient noir corbeau. Oui, comme disait Mrs. Pettifer, aussi noirs qu'une aile de corbeau...

— Eliot ne vous a rien dit ?

— Que m'aurait-il dit ?

— Vous parlez de Lisa, n'est-ce pas ? Je suis Rebecca, sa fille.

D'un geste maladroit, il remit ses lunettes. Une faible lueur éclairait son visage mélancolique.

— Alors, j'avais vu juste. En général, mon œil ne me trompe pas. (Il s'approcha en me tendant une main calleuse.) Si j'avais su que j'aurais un jour ce plaisir ! Vraiment, je n'y croyais pas. Et votre mère, est-elle avec vous ?

Eliot ne m'avait pas facilité la tâche... J'ai murmuré :

— Ma mère est morte la semaine dernière, à Ibiza. Voilà pourquoi je suis ici.

Ses yeux se sont embués de larmes.

— Elle est morte ! Je suis navré, absolument navré. Elle aurait dû revenir, nous voulions tous la revoir... Et qui va prévenir le Commandant ? maugréa-t-il après avoir plongé son nez dans un ample mouchoir.

— Je pense que... Eliot est allé chercher sa mère. Une lettre vient d'arriver pour mon grand-père, ce matin, au courrier. L'homme qui... s'occupait de ma mère l'a envoyée d'Ibiza. Mais si l'idée ne vous paraît pas bonne...

— Mon opinion ne change rien à l'affaire. Et d'ailleurs le Commandant aura bien de la peine, quelle que soit la personne qui lui annoncera la nouvelle. Mais je peux vous assurer que votre présence ici sera un grand réconfort pour lui.

— Merci.

Pettifer rangea son mouchoir, après s'être mouché à nouveau.

— Mr. Eliot et sa mère sont venus habiter ici... Ou bien nous nous installions à High Cross, le Commandant et moi, ou bien c'est eux qui venaient. Je leur ai dit qu'on pouvait très bien se débrouiller tout seuls, depuis le temps qu'on se connaît ! Mais le docteur a insisté. C'est vrai qu'on commence à se faire vieux, et puis le Commandant a eu sa crise cardiaque...

— Oui, je sais.

— Après la mort de ma femme, il n'y avait plus personne pour faire la cuisine. Attention, je sais cuisiner ! Mais je passe une bonne partie de mon temps à m'occuper des affaires du Commandant, et je ne voudrais pas qu'il se promène avec des vêtements en mauvais état.

— Naturellement...

Je n'en dis pas davantage car une porte venait de claquer et une voix masculine appelait Pettifer.

— Excusez-moi, mademoiselle, grommela-t-il avant de disparaître en laissant la porte ouverte derrière lui.

— Pettifer !

J'entendis Pettifer répondre d'un air apparemment ravi.

— Bonjour, Joss.

— Est-elle ici ?

— Qui ?

— Rebecca.

— Oui, au salon... J'allais lui faire une tasse de café.

— Vous seriez gentil d'en faire une seconde pour moi. Noir et fort, s'il vous plaît !

Ses pas se rapprochèrent et il apparut dans l'encadrement de la porte, avec ses cheveux noirs, ses longues jambes et un air plus que mécontent.

— Bon Dieu, que faites-vous ici ?

De quoi se mêlait-il ? Eliot lui-même avait dit que j'étais chez moi ici, à Boscarva. Hérissée comme un chien aux abois, j'ai balbutié :

— Ça ne vous concerne pas !

— Je suis allé vous chercher, et Mrs. Kernow m'a annoncé que vous étiez déjà partie.

— Et alors ?

— Je vous avais dit de m'attendre.

— J'ai décidé de ne pas attendre.

Un moment silencieux et furibond, il sembla se résigner finalement à accepter l'inévitable.

— A qui a-t-on annoncé votre arrivée ?

— J'ai rencontré Eliot devant le portail. Il m'a amenée ici.

— Où est-il ?

— Il est allé chercher sa mère.

— Avez-vous vu Grenville ?

— Non.

— Quelqu'un lui a-t-il annoncé la nouvelle... au sujet de votre mère ?

— Une lettre d'Otto Pedersen est arrivée ce matin, mais je pense qu'il ne l'a pas encore vue.

— Pettifer doit la lui remettre. Il doit être présent au moment où il la lira.

— Il ne m'a pas semblé de cet avis.

— C'est *mon* avis, a conclu Joss.

Cette intervention sans ménagement me laissa interdite.

Nous échangions des regards meurtriers au-dessus d'un tapis aux motifs harmonieux et d'un grand vase de narcisses délicieusement parfumés, lorsque nous avons entendu des voix et un bruit de pas dans l'escalier, puis dans le vestibule.

— Dans le salon, Eliot ? disait une femme.

Joss alla se planter devant la cheminée en marmonnant des paroles incompréhensibles. Les yeux fixés sur les flammes, il me tournait le dos. L'instant suivant, Mollie faisait son apparition. Après avoir marqué un temps d'arrêt au niveau de la porte, elle s'approcha, les bras tendus vers moi.

— Rebecca ! (Son accueil se voulait chaleureux.)

Eliot, qui la suivait, referma la porte derrière lui. Joss ne prit même pas la peine de se retourner.

D'après un rapide calcul, Mollie devait maintenant approcher la cinquantaine, mais j'eus peine à le croire. C'était une jolie femme aux formes rondes, aux cheveux décolorés et coiffés avec art, à la peau lisse, semée de taches de rousseur qui lui donnaient une étonnante fraîcheur. Elle portait une jupe du bleu de ses yeux, une blouse de soie crème et un cardigan. De longues jambes fuselées lui donnaient une silhouette élégante, et ses mains soignées, aux ongles nacrés, cliquetaient de bagues et de bracelets. Parfumée et impeccable, elle avait l'air d'un charmant petit chat tigré, trônant sur un coussin de satin.

— Je regrette de vous avoir donné des émotions, ai-je murmuré.

— Non, une bonne surprise ! Mais votre mère... Je suis absolument navrée. Eliot m'a parlé d'une lettre...

A cet instant, Joss fit brusquement volte-face.

— Où est cette lettre ?

Mollie tourna les yeux vers lui. Je n'aurais su dire si elle venait de l'apercevoir, ou si, le sachant là, elle avait préféré ignorer sa présence.

— Joss, je ne savais pas que vous veniez ce matin.

— J'arrive tout juste.

— Vous connaissez Rebecca, il me semble.

— Oui, nous nous sommes déjà rencontrés. (Il sembla faire un effort pour se dominer, puis il s'adossa à la cheminée avec un sourire contrit.) Désolé, je sais que ça ne me regarde pas... Mais cette lettre, arrivée ce matin... Où est-elle ?

— Dans ma poche, répondit Eliot qui n'avait pas encore ouvert la bouche. Pourquoi ?

— J'ai l'impression que Pettifer est la personne la

mieux placée pour annoncer la nouvelle à Grenville. Lui seul peut s'en charger !

Au milieu d'un profond silence, Mollie lâcha mes mains et se tourna vers son fils.

— Il a raison. Grenville se sent très proche de Pettifer.

— Pas de problème, quant à moi.

Malgré son approbation, le regard glacial d'Eliot trahissait une hostilité évidente ; et je ne l'en blâmais pas — loin de là !

— Vraiment, je suis désolé, a répété Joss.

— Pas du tout ! a protesté poliment Mollie. C'est très aimable à vous de vous préoccuper de tout cela.

Eliot et sa mère ont attendu ensuite que Joss prenne congé, ce qu'il a fait sans tarder.

— Mon travail n'avancera pas tout seul, a-t-il balbutié d'un air gêné.

— Comptez-vous déjeuner ici ?

— Non, je repars dans une heure ou deux ; je prendrai un sandwich dans un pub avant de passer au magasin. Merci quand même !

Sa colère semblait évanouie. Sur ces bonnes paroles, il nous a adressé un sourire amène et il est parti d'un air modeste et discret. Un jeune employé s'acquittant scrupuleusement de sa tâche...

6

— Ne vous formalisez pas, me dit Mollie, il lui arrive de manquer de tact.

— Quel euphémisme ! ricana Eliot entre ses dents.

Mollie crut bon de me donner des explications.

— Nos meubles anciens tombent en miettes. Nous l'avons chargé de les restaurer. C'est un artisan de grande classe, mais il a la fâcheuse habitude d'entrer chez nous comme dans un moulin.

— Un de ces jours, je perdrai patience et il finira par recevoir mon poing dans la figure ! (Les yeux pétillants d'Eliot et son sourire charmeur démentaient la dureté de ses paroles.) Je dois me sauver ; je suis déjà terriblement en retard. Pardonnez-moi, Rebecca.

— Désolée de vous avoir mis en retard, et merci de votre gentillesse...

— J'ai bien fait de m'arrêter. Sans doute un pressentiment... A bientôt, donc.

— Sûrement à bientôt ! intervint Mollie. Maintenant que nous avons retrouvé Rebecca, elle ne nous échappera plus !

— Je vous laisse vous organiser toutes les deux.

Il se dirigea vers la porte, mais sa mère l'arrêta d'un geste discret.

— Eliot, la lettre !

— Oui, bien sûr. (Il sortit de sa poche la lettre légèrement froissée, et il la tendit à Mollie.) Ne laisse pas Pettifer en faire tout un plat. Il devient de plus en plus sentimental avec l'âge !

— Entendu.

Après nous avoir quittées en souriant, il traversa le vestibule d'un pas rapide et je l'entendis siffler son chien. Puis sa voiture démarra, et Mollie se tourna vers moi.

— Maintenant, installons-nous au coin du feu. Vous allez tout me raconter.

J'ai repris le récit qu'avaient déjà écouté Joss et Mrs. Kernow, en bafouillant un peu au sujet d'Otto et de sa liaison avec ma mère. On aurait dit que j'avais honte ; ce qui n'était vraiment pas le cas ! Tout en parlant, j'essayais d'analyser ma réaction et de comprendre l'antipathie de ma mère pour cette femme. Évidemment, elles n'avaient aucun point commun, et ma mère trouvait les femmes assommantes. Les hommes l'amusaient toujours ; mais une femme devait avoir une personnalité exceptionnelle pour qu'elle la tolère. Non, Mollie n'était pas responsable ! Assise à côté d'elle au coin du feu, j'ai décidé que nous serions amies : je ferais mon possible pour compenser les rebuffades qu'elle avait reçues de Lisa.

— Combien de temps pourrez-vous rester à Porthkerris ? m'a-t-elle demandé. Votre travail vous oblige peut-être à repartir...

— Non, on m'a donné une sorte de congé illimité.

— Voulez-vous habiter chez nous ?

— J'ai loué une chambre à Mrs. Kernow.

— Vous serez beaucoup mieux ici ! Nous n'avons pas beaucoup de place, mais nous vous installerons au grenier — dans une charmante petite chambre — si le plafond mansardé ne vous gêne pas et si vous évitez de vous cogner le crâne. Nous occupons les chambres d'amis, Eliot et moi ; et ma nièce habite depuis quelque temps avec nous. Vous pourrez sans doute vous entendre toutes les deux. Un peu de jeunesse autour d'elle ne lui fera pas de mal.

— Quel âge a-t-elle ? demandai-je, étonnée de ne pas l'avoir encore aperçue.

— Tout juste dix-sept ans. Un âge difficile ! Elle habite Londres, et sa mère a cru bon de l'éloigner provisoirement. Elle a tellement d'amis et il se passe tant de choses, voyez-vous... (Elle éprouvait des difficultés à trouver le mot juste.) Andrea séjourne donc une ou deux semaines ici pour se changer les idées, mais j'ai l'impression qu'elle s'ennuie.

Je m'imaginais à dix-sept ans, à la place de la mystérieuse Andrea, installée dans cette charmante demeure et couvée par Mollie et Pettifer. Avec la mer et les falaises à deux pas, les promenades à travers la campagne, et tout le labyrinthe des rues de Porthkerris à explorer, j'aurais été aux anges ! Nous avions sans doute peu de points communs, la nièce de Mollie et moi.

— Naturellement, poursuivit Mollie, nous n'habitons ici, Eliot et moi, que depuis la mort de Mrs. Pettifer. Comme vous pouvez le supposer, ces deux vieillards n'auraient pas été capables de se suffire à eux-mêmes ! Mrs. Thomas vient aider au ménage tous les matins, mais je me charge de la cuisine et j'essaye de garder la maison aussi pimpante que possible.

— Les fleurs sont ravissantes.

— Je ne supporte pas une maison sans fleurs !

— Qu'avez-vous fait de votre maison ?

— Ma chère, elle est vide. Je vous emmènerai un de ces jours à High Cross pour vous la montrer. Après la guerre, j'ai acheté deux anciens cottages que j'ai fait restaurer. Sans me vanter, c'est tout à fait charmant, et très pratique pour le garage d'Eliot ! Malheureusement, depuis que nous habitons ici, il est continuellement sur les routes.

— Oui, je m'en doute.

Des pas résonnaient dans le vestibule. Au bout d'un instant, la porte s'ouvrit et Pettifer apparut. Il tenait à bout de bras un plateau chargé de toute la vaisselle nécessaire à un café matinal, y compris une grande cafetière d'argent, dont le bec laissait échapper un nuage de vapeur.

— Oh, merci, Pettifer...

Il s'approcha, ployé sous sa charge, et Mollie se leva pour chercher un tabouret sur lequel le vieil homme put déposer le plateau qu'il tenait dangereusement incliné.

— Parfait, Pettifer.

— L'une des tasses est pour Joss.

— Il travaille là-haut. Il a dû oublier son café, mais ce n'est rien ; je le boirai à sa place.

Pettifer se redressa lentement, avec l'air de souffrir le martyre à cause de ses articulations usées.

— Nous souhaiterions, reprit Mollie en saisissant la lettre déposée sur la cheminée, que vous annonciez vous-même au Commandant la nouvelle concernant sa fille et que vous lui donniez cette lettre. Ça serait la meilleure solution, à notre avis. Si vous n'y voyez pas d'objection.

Pettifer prit la mince enveloppe bleue.

— Non, madame. Je m'en charge. J'allais justement monter chez le Commandant pour le réveiller et l'habiller.

— Je vous suis très reconnaissante, Pettifer.

— Ce n'est rien, madame.

— Dites-lui aussi que Rebecca est ici. Nous allons l'installer au grenier. Elle y sera, je l'espère, tout à fait à son aise.

Une lueur éclaira le visage de Pettifer. Lui arrivait-il de sourire réellement, ou son visage avait-il adopté pour toujours ce masque lugubre, qui ne pouvait laisser transparaître la moindre joie ?

— Le Commandant sera ravi que vous restiez parmi nous, murmura-t-il.

— Vous devez être très occupée, déclarai-je à l'intention de Mollie dès qu'il se fut éloigné. Je vais vous laisser vaquer à vos occupations.

— Il faut en tout cas que vous alliez reprendre vos affaires chez Mrs. Kernow. Pettifer s'occupe de Grenville ; quant à moi, je dois donner des instructions à Mrs. Thomas au sujet de votre chambre et préparer le déjeuner. Comment allons-nous faire ? (Je me sentais incapable de remonter tous mes bagages à la force des poignets depuis la ville ; heureusement, Mollie trouva la solution.) J'ai une idée : Joss va vous emmener dans sa camionnette.

— Mais je crois qu'il travaille...

— Pour une fois, il peut s'interrompre. Nous ne le dérangeons pas souvent. Allons le lui demander — je suis sûre qu'il acceptera volontiers.

Allait-elle m'entraîner dans quelques dépendances éloignées, ou dans un appentis où Joss s'affairerait parmi les copeaux de bois, dans l'odeur de la colle chaude ? A ma grande surprise, je dus gravir l'escalier dans le sillage de Mollie. Je faisais mes premiers pas à Boscarva — la maison où ma mère avait été élevée — et je ne voulais pas en perdre une seule miette...

Il n'y avait pas de tapis dans l'escalier. Au-dessus des boiseries, les murs, recouverts d'un papier de couleur sombre, disparaissaient sous des tableaux au cadre massif. Tout cela contrastait avec le salon délicieusement féminin du rez-de-chaussée. Au premier étage, d'où partaient des couloirs sur la droite et sur la gauche, j'aperçus une bibliothèque chargée de livres et une commode de noyer soigneusement cirée. Nous montâmes jusqu'à l'étage suivant : tapis rouge, peinture blanche, et à nouveau deux couloirs. Mollie prit celui de droite. Tout au bout, une porte ouverte... Des bruits de voix — une conversation entre un homme et une femme — parvenaient jusqu'à nous.

Mollie marqua un temps d'arrêt avant de s'élancer dans le couloir d'un pas décidé. Je la suivis docilement jusqu'à la porte donnant accès à un grenier éclairé par une lucarne — ou peut-être une salle de billard, car un imposant canapé de cuir était adossé à l'un des murs.

Pour l'instant, en tout cas, cette pièce froide et claire servait d'atelier de travail à Joss : il y trônait au milieu de chaises et de cadres brisés, de tables aux pieds tordus, de lambeaux de cuir, d'outils, de clous, et d'un réchaud à gaz de pacotille, sur lequel reposait un pot de colle à l'allure peu engageante. Affublé d'un vieux tablier, il recouvrait d'une magnifique peau écarlate l'une des chaises. Une jeune personne de sexe féminin lui tenait compagnie ; cette dernière se retourna d'un air las pour voir qui venait troubler leur plaisant tête-à-tête.

— Andrea ! s'exclama Mollie. (Puis d'un ton plus amène :) Déjà levée ?

— Depuis des heures !

— As-tu pris ton petit déjeuner ?

— Je n'ai pas faim.

— Andrea, je te présente Rebecca. Rebecca Bayliss.

— Bonjour. Joss m'a tout raconté, répliqua Andrea en tournant les yeux vers moi.

Elle était très jeune et très mince, avec de longs cheveux filasse encadrant un visage plutôt joli, malgré des yeux pâles, légèrement protubérants, et noircis par une épaisse couche de mascara. Comme de juste, elle portait des jeans et un tee-shirt de coton d'une propreté douteuse — sous lequel on devinait sa poitrine plate. Elle était chaussée de sandales d'infirmière, peintes de rayures vertes et violettes. Une lourde croix d'argent, de forme vaguement celtique, pendait à un lacet de cuir noué autour de son cou.

J'avais donc en face de moi cette malheureuse Andrea, en pénitence à Boscarva. L'idée que Joss lui avait parlé de moi me mettait passablement mal à l'aise. Qu'avait-il bien pu lui dire ?

Elle me dévisageait, le bras appuyé sur une ancienne console en acajou massif.

— Rebecca s'installe ici, dit enfin Mollie.

La bouche pleine de clous, Joss leva des yeux brillants d'intérêt. Une mèche de cheveux sombres barrait son front.

— Où dormira-t-elle ? demanda Andrea. Je croyais la maison déjà pleine.

— Dans la chambre au bout du couloir.

Après avoir répondu à sa nièce d'un ton sec, Mollie se tourna vers Joss.

— J'ai un service à vous demander...

Joss cracha sans hésiter les clous dans sa main, puis il se releva en dégageant son front d'un mouvement du poignet.

— Pourriez-vous descendre avec Rebecca chez Mrs. Kernow pour la prévenir qu'elle s'installe chez nous, et ensuite la ramener à Boscarva avec ses valises ?

— Volontiers.

Une exaspération résignée se lisait sur le visage d'Andrea.

— Je regrette de vous interrompre, insista Mollie, mais vous me rendez vraiment service !

Joss posa son marteau et dénoua son tablier en me souriant.

— Pas de problème, j'ai l'habitude de faire le taxi pour Rebecca.

Avec un grognement écœuré, Andrea bondit sur ses pieds et quitta la pièce. Pour un peu, elle aurait claqué la porte à toute volée.

Une fois de plus, je me retrouvais coincée à côté de Joss, dans sa vieille guimbarde. En silence, nous avons quitté Boscarva, traversé le lotissement de Mr. Padlow et descendu la route jusqu'à la ville.

— Alors, ça a été ? finit par demander Joss.

— Oui.

— Votre famille vous a plu ?

— Je ne les connais pas tous ; je n'ai pas encore vu Grenville.

— *Lui* vous plaira.

— Ils me plaisent tous, répondis-je, surprise par son intonation.

— Alors, tant mieux !

Il portait sa veste de jean et un polo bleu marine ; son profil semblait étonnamment impassible. Je me dis qu'il devait être facile de tomber sous son charme...

— Parlez-moi d'Andrea !

— Que voulez-vous savoir à son sujet ?

— Ce que vous voudrez.

— Eh bien, elle a dix-sept ans et elle se croit amoureuse d'un type qu'elle a rencontré à son cours de dessin. Ses parents ne sont pas d'accord et ils l'ont mise au vert chez sa tante Mollie. Elle s'ennuie à mourir...

— On dirait qu'elle vous a fait ses confidences.

— Elle n'a personne d'autre à qui parler !

— Qu'attend-elle pour repartir à Londres ?

— Elle n'a que dix-sept ans, pas un sou et pas même le courage de s'opposer à ses parents.

— Comment passe-t-elle ses journées ?

— Je ne sais pas ; je ne suis pas tout le temps à Boscarva. Elle se lève rarement avant midi, semble-t-il, et ensuite elle regarde la télévision. Boscarva est une maison qui manque de jeunesse ; on ne peut pas lui reprocher de s'y ennuyer.

— Seuls les ennuyeux s'ennuient.

Ce précepte — qui m'était revenu soudain à l'esprit — m'avait été inculqué lorsque j'étais enfant par une institutrice sage et bien intentionnée.

— Quel ton moralisateur, Rebecca !

— Je regrette.

— Vous ne vous êtes jamais ennuyée ? reprit Joss.

— Personne ne pouvait s'ennuyer avec ma mère.

— Voilà une femme comme je les aime.

— Beaucoup d'hommes ont dû penser comme vous.

A Fish Lane, nous trouvâmes porte close : Mrs. Kernow était sortie. Par chance, Joss avait une clef de la maison. Je suis montée dans ma chambre pour emballer mes affaires, tandis qu'il écrivait un mot d'explication à ma logeuse.

— Quand vais-je la payer ? lui ai-je demandé dans l'escalier, en chargeant mon sac sur mon dos.

— Je réglerai tout cela la prochaine fois que je la verrai. Je l'ai prévenue dans ce petit mot.

— Je peux m'en charger !

— Laissez-moi faire, je m'occupe de tout.

Son ton sans réplique excluait toute discussion. Il empoigna ma valise et alla ouvrir la porte.

Mes bagages entassés à l'arrière de la petite camionnette, nous avons repris la direction de Boscarva, mais avec un détour par la route du port.

— Je voudrais vous montrer mon magasin, m'a dit Joss. Enfin, son emplacement... pour que vous sachiez où me trouver en cas de besoin.

— Pour quoi faire ?

— Qui sait ? Vous pourriez avoir besoin d'un bon conseil, d'argent ou simplement de quelqu'un qui vous fasse rire.

C'était une maison haute et étroite, coincée entre deux bâtisses larges et basses. Il y avait une fenêtre à chacun des trois niveaux et un rez-de-chaussée en cours de rénovation, avec des panneaux de bois brut et de grandes traces circulaires de blanc de chaux sur la vitrine.

Nous n'avons fait que passer, dans un grand crissement de pneus, mais j'ai tenu à féliciter Joss :

— Un excellent emplacement ! Tous les touristes vont se ruer chez vous.

— Je l'espère.

— Quand pourrai-je visiter ?

— Venez la semaine prochaine ; je pense que nous aurons à peu près terminé.

— D'accord !

— N'oubliez pas notre rendez-vous ! reprit Joss en tournant devant l'église.

Puis il se mit en seconde, avant de gravir la côte

avec des grondements de moteur dignes d'une motocyclette mal réglée.

A Boscarva, Pettifer, qui nous avait entendus arriver, apparut à la porte de la maison au moment où Joss sortait ma valise du coffre.

— Le Commandant est dans son bureau, Joss. Il a demandé à voir Rebecca dès qu'elle arriverait.

— Comment va-t-il ?

— Pas trop mal, marmonna Pettifer en hochant la tête.

— A-t-il été très secoué ?

— Ça va... Laissez donc cette valise, je vais la monter là-haut.

— Pas question, répliqua Joss de son ton péremptoire, qui, pour une fois, ne me sembla pas déplaisant. Je m'en charge ! Quelle est sa chambre ?

— Au grenier... à l'opposé de la salle de billard ; je vous rappelle que le Commandant a demandé à voir cette demoiselle sur-le-champ.

— Du calme, mon cher Pettifer ! Je sais qu'un marin ne plaisante pas avec l'heure, mais laissons-la tout de même monter dans sa chambre et souffler un instant.

Pettifer a protesté pour la forme. J'ai suivi Joss dans l'escalier, jusqu'au deuxième étage que j'avais découvert le matin même. Le bruit de l'aspirateur avait cessé, et une délicieuse odeur d'agneau rôti me permit de réaliser combien j'étais affamée.

Joss fonçait devant moi à grandes enjambées. Lorsque je parvins dans la chambre mansardée que m'avait attribuée Mollie, il avait déjà déposé à terre ma valise et mon sac de montagne, et il ouvrait toute grande la lucarne. Une bouffée d'air marin me sauta aux narines.

— Venez admirer la vue !

Je me suis approchée de lui et j'ai aperçu la mer, les falaises, l'or des premières pousses d'ajoncs. En contrebas s'étendait le jardin de Boscarva ; la balustrade me l'avait caché lorsque j'étais devant les fenêtres du salon. Construit en terrasses, il courait le long de la pente, et, tout en bas, dans un renfoncement le long du mur, s'élevait une maisonnette de pierre à toit d'ardoise. Pas vraiment un cottage, mais plutôt une étable, surmontée d'un vaste grenier.

— A quoi sert ce bâtiment ? ai-je demandé.

— C'est l'atelier où votre grand-père avait l'habitude de peindre.

— Ça n'a pas l'air d'un atelier.

— De l'autre côté, ça en a l'air. Au nord, toute la façade est vitrée. Il a tracé lui-même le plan et il a confié la réalisation à un tailleur de pierre de la région.

— Ça paraît fermé.

— En effet, il a bouclé la porte, et il n'a pas rouvert les volets depuis sa crise cardiaque. Il ne peint plus...

Soudain, j'ai frissonné.

— Avez-vous froid ? a demandé Joss.

— Je ne sais pas.

Je me suis éloignée de la fenêtre, et, après avoir déboutonné mon manteau, je l'ai déposé au pied du lit. La pièce était blanche et le tapis bordeaux. Il y avait une penderie, des étagères couvertes de livres et un lavabo. En me lavant les mains à l'eau chaude, le reflet de mes cheveux ébouriffés et de mon regard anxieux m'est apparu dans un miroir. J'ai réalisé que j'étais profondément angoissée à l'idée de rencontrer Grenville, et que je souhaitais de tout mon cœur lui faire bonne impression.

Après m'être séché les mains, j'ai débouclé mon sac de montagne, dont j'ai extrait un peigne et une brosse.

— A votre avis, était-il vraiment un bon peintre ? ai-je demandé à Joss.

— Oui. De la vieille école, mais excellent. Et un merveilleux coloriste.

Ensuite, j'ai enlevé le caoutchouc qui retenait ma tresse et je me suis tournée vers le miroir pour me brosser les cheveux. Le regard attentif de Joss se reflétait au-dessus de mon épaule. Il m'a regardée sans un mot tresser à nouveau mes cheveux, et il a murmuré :

— Vos cheveux ont la couleur des blés.

J'ai reposé mon peigne et ma brosse.

— Joss, il ne faut pas le faire attendre.

— Voulez-vous que je vous accompagne ?

— Oui, s'il vous plaît.

Pour la première fois, je venais de lui demander de l'aide...

Au rez-de-chaussée, nous avons traversé le vestibule — sans entrer au salon — et marché jusqu'à une porte, au bout d'un couloir. Joss l'a ouverte et il a passé sa tête dans la pièce.

— Bonjour, a-t-il lancé à la cantonade.

— C'est vous, Joss ? Entrez... (Cette voix, plus haut perchée que je n'aurais cru, me semblait étonnamment jeune.)

— Je vous amène quelqu'un.

Après avoir ouvert grand la porte, Joss m'a poussée en avant avec douceur. J'ai pénétré dans une petite pièce dont les portes-fenêtres donnaient sur une terrasse pavée et un jardin secret — réchauffé par le soleil et entouré d'épaisses haies.

Des flammes vacillaient dans l'âtre ; les murs lambrissés étaient couverts de tableaux ou de livres, et, sur la cheminée, trônait le modèle réduit d'un ancien croiseur. Il y avait aussi des photographies dans des cadres d'argent, une table jonchée de papiers et de magazines, et un vase chinois, bleu et blanc, empli de jonquilles.

Grenville Bayliss était assis dans un fauteuil de cuir rouge, à demi tourné vers le feu ; il s'est soulevé à l'aide d'une canne en m'entendant entrer. A ma stupéfaction, Joss n'a esquissé aucun geste pour l'aider, et j'ai marmonné : « Ne vous donnez pas cette peine... », mais il s'était déjà redressé. Deux yeux bleus me considéraient avec le plus grand calme, sous des sourcils d'une blancheur éblouissante.

J'ai réalisé que je m'attendais à le trouver plus ou moins pathétique — vieux, infirme, et peut-être impotent. Il n'était rien de tout cela. Malgré ses quatre-vingts ans, il gardait belle allure, avec sa haute taille, son port de tête imposant, et son visage rasé de près, tout à l'honneur de son fidèle domestique, Pettifer. Il portait un blazer bleu marine de coupe traditionnelle, un pantalon de flanelle grise, impeccablement repassé, et des pantoufles en velours, avec ses initiales brodées au fil d'or. Il avait la peau tannée, et son crâne chauve d'un brun noisette apparaissait à travers des mèches blanches clairsemées. Il devait passer de longues heures dans ce petit jardin ensoleillé, à lire le journal du matin, tout en fumant sa pipe et en observant les mouettes et les nuages blancs qui défilaient dans le ciel.

Nous nous sommes regardés en silence. J'aurais aimé l'entendre parler, mais il se contentait de me dévisager. Mon apparence allait-elle le décevoir ? Je me suis félicitée d'avoir pris le temps de me brosser les cheveux avant de me présenter à lui.

— Cette situation est totalement inédite, et je ne sais comment m'adresser à... toi, m'a-t-il dit enfin.

— Me permettez-vous de vous embrasser ?

— Voilà une bonne idée !

Je me suis donc approchée d'un pas en lui tendant mon visage ; il s'est penché vers moi et mes lèvres ont effleuré la peau étonnamment lisse de sa joue.

— Et maintenant, asseyons-nous, a-t-il suggéré. Joss, prenez donc un siège.

Joss a prétendu qu'il devait se mettre au travail, mais, avant de nous quitter, il a aidé le vieil homme à se rasseoir. Puis il nous a versé un verre de sherry, à l'aide d'une carafe posée sur une table basse, et il s'est éclipsé après nous avoir adressé un petit signe joyeux de la main.

— Je vous laisse ensemble. Vous avez tant de choses à vous raconter, a-t-il chuchoté, avant de refermer doucement la porte derrière lui.

— On dirait que tu le connais bien, a observé Grenville.

J'ai pris un tabouret pour m'asseoir en face de lui.

— Non, pas réellement... Mais il est très gentil, et... (Je me suis interrompue pour trouver le mot juste.) Très serviable. Je veux dire qu'il est toujours là quand on a besoin de lui.

— Et jamais quand on n'en a pas besoin. (Je n'étais pas sûre de partager totalement son point de vue.) Il est aussi très habile. C'est lui qui remet en état tous mes meubles.

— Oui, je sais.

— Un artisan hors pair. Il a des mains en or !

Il a posé son verre de sherry et il m'a transpercée à nouveau de son regard bleu.

— Ta mère est morte, a-t-il repris.

— Oui...

— J'ai reçu une lettre de ce... Pedersen. Elle souffrait, paraît-il, de leucémie.

— En effet.

— As-tu rencontré Pedersen ?

Je lui fis un récit détaillé de mon voyage à Ibiza et de la soirée passée en compagnie de ma mère et d'Otto.

— Un type convenable, alors ? Et comment était-il avec elle ?

— D'une extrême gentillesse. Il l'adorait.

— Je suis content qu'elle ait terminé sa vie avec quelqu'un de correct ; elle qui tombait toujours sur des... goujats.

Comment auraient réagi l'éleveur de moutons et l'Américain aux chemises de Brooks Brothers en s'entendant traiter de goujats ? La signification de ce mot désuet leur aurait sans doute échappé.

— Il lui arrivait de se laisser entraîner un peu trop loin, ai-je murmuré en souriant.

Son regard s'est éclairé un instant.

— Je vois que tu as un certain bon sens.

— Oui, depuis toujours.

— Lisa est devenue une femme impossible, après avoir été la plus délicieuse des petites filles ! J'ai fait bien souvent son portrait ; d'ailleurs il doit me rester une ou deux toiles de Lisa enfant. Je demanderai à Pettifer de les retrouver et de te les montrer. Quand elle a grandi, tout a changé. Mon fils, Roger, a été tué pendant la guerre, et elle n'a jamais pu s'entendre avec sa mère. Elle filait dans sa petite voiture, et elle rentrait à des heures impossibles. Quand elle s'est amourachée de cet acteur, elle n'a rien voulu savoir.

— Elle était vraiment amoureuse de lui.

— L'amour... (Il fit une moue dégoûtée.) L'amour n'est pas tout ce qui compte dans la vie.

— Oui, mais il faut s'en rendre compte par soi-même.

Il prit un air amusé.

— T'en es-tu rendu compte ?

— Non.

— Quel âge as-tu ?

— Vingt et un ans.

— Tu me parais très mûre pour ton âge. Et j'adore tes cheveux. Tu ne ressembles pas à Lisa ; ni à ton père. Tu es... toi-même.

Il tendit la main en direction de son verre de sherry, puis il le porta à ses lèvres d'un geste précautionneux, avant de le reposer sur la table basse. La lenteur de son geste trahissait son âge et sa santé fragile.

— Elle aurait dû revenir à Boscarva, reprit-il. Nous l'aurions accueillie à bras ouverts. Et *toi*, pourquoi n'es-tu pas venue ?

— Je n'ai jamais entendu parler de Boscarva, ni de vous, jusqu'au soir qui a précédé sa mort.

— Elle avait tiré un trait sur son passé. Quand je lui ai écrit pour lui annoncer la mort de sa mère, elle ne m'a même pas répondu.

— Nous passions Noël à New York ; elle a reçu votre lettre plusieurs mois après. Ensuite, elle a pensé qu'il était trop tard. Et puis, elle avait horreur d'écrire !

— Tu plaides sa cause, alors qu'elle t'a tenue à l'écart de cette maison ! Te rends-tu compte que tu aurais pu être élevée ici ? Tu te serais sentie chez toi à Boscarva...

— Elle était ma mère ; voilà l'essentiel pour moi !

— On dirait que tu me tiens tête. Plus personne ne s'y risque aujourd'hui — pas même Pettifer. Parfois, ça me manque ! (Il me fixa à nouveau de son regard limpide.) As-tu fait la connaissance de Pettifer ? Nous avons été dans la marine ensemble, il y a un siècle de cela. Et Mollie et Eliot, les connais-tu ?

— Oui.

— En principe, ils n'ont rien à faire ici, mais le docteur a insisté. Moi, ça ne me gêne pas beaucoup ; ce malheureux Pettifer n'en dirait pas autant ! Et puis il y a aussi la nièce de Mollie, une gamine déplaisante, à la poitrine plate. L'as-tu déjà vue ?

Je fis un effort pour garder mon sérieux.

— Oui, un court instant.

— Déjà trop longtemps ! Et Boscarva. Que penses-tu de Boscarva ?

— J'adore Boscarva. En tout cas, ce que j'en ai vu !

— La ville nous envahit petit à petit. Il y avait, au sommet de la colline, une ferme qui appartenait à la vieille Mrs. Gregory. Ce maudit entrepreneur l'a persuadée de lui vendre ses terres. Maintenant, les bulldozers ont tout rasé et on a construit des maisons. Treize à la douzaine !

— Oui, j'ai vu.

— Mais ils n'iront pas plus loin, parce que la ferme qui est derrière et les champs de chaque côté du chemin m'appartiennent. Je les ai achetés en même temps que Boscarva, en 1922 ; ça ne m'a pas coûté grand-chose, à l'époque. Un peu de terre autour de soi vous donne un tel sentiment de sécurité ! N'oublie jamais cela.

— Je n'oublierai pas.

Il fronça les sourcils.

— Rappelle-moi ton prénom, ma petite.

— Rebecca.

— Comment vas-tu m'appeler, Rebecca ?

— Comme vous voudrez.

— Eliot m'appelle Grenville. Pourquoi pas toi ?

— Volontiers.

Nous avons bu notre sherry avec le sourire, contents

d'être ensemble. Soudain, du fond de la maison, un gong a retenti. Grenville a posé son verre. Il s'est levé avec précaution et je lui ai ouvert la porte. Puis nous avons marché côte à côte, le long du couloir, jusqu'à la salle à manger familiale.

7

Ma fatigue eut raison de moi à la fin de cette longue journée fertile en événements, et, malheureusement, au milieu du dîner. Nous avions pris le déjeuner — un repas simple et consistant — à une table ronde, devant la baie de la grande salle à manger. Il y avait une simple nappe à carreaux et de la vaisselle de tous les jours, mais le dîner était une tout autre affaire.

Cinq couverts étaient disposés sur la longue table cirée, garnie d'un délicat set de table en lin. L'argenterie et les verres anciens scintillaient à la lumière des candélabres.

Chacun de nous était censé se changer pour ce rite apparemment quotidien. Mollie apparut dans une robe d'intérieur couleur saphir, qui mettait en valeur l'éclat de ses yeux. Grenville portait une veste de velours d'un ton passé, et Eliot un costume de flanelle claire qui lui donnait des allures de lévrier. Andrea, sans doute de mauvaise grâce, avait changé de pantalon et revêtu une blouse en broderie anglaise, qu'un brin de lavage et de repassage aurait grandement améliorée. Ses cheveux raides et ternes étaient noués avec un ruban de velours, et une expression de suprême ennui se lisait comme toujours sur son visage.

Bien que peu habituée à ces dîners habillés, j'avais emporté un vêtement qui ferait office de tenue de soirée aussi longtemps que durerait mon séjour à Boscarva. C'était un caftan de fin lainage, aux manches amples, dont l'encolure et les poignets étaient brodés d'argent. Je portais aussi mes bracelets, et des boucles d'oreilles offertes par ma mère pour mon vingt et unième anniversaire. Leur poids me donnait un sentiment de réconfort dont j'avais cruellement besoin.

Un dîner de famille ne me tentait guère ce soir-là. Je ne me sentais pas capable de soutenir une conversation, d'écouter et de me montrer attentive et charmante. Je voulais aller au lit, et dîner d'un simple bol de bouillon ou d'un œuf à la coque. Je voulais être seule !

Mais il y avait une soupe, du caneton, et du vin rouge, servi par Eliot. Le caneton était fort gras, et la pièce surchauffée. A mesure que le repas avançait, je me sentais de plus en plus bizarre, et ma tête me paraissait étrangement légère. J'essayais de fixer mon regard sur les flammes des bougies, mais j'avais l'impression de les voir se multiplier sous mes yeux ; les voix autour de moi devenaient floues et inintelligibles, comme le bourdonnement d'une conversation venue d'une pièce éloignée. J'ai repoussé mon assiette et heurté malencontreusement mon verre ; puis j'ai regardé d'un œil horrifié le vin rouge se répandre sur la nappe.

En un sens, cet accident était un bienfait : il y eut un profond silence et tous les yeux se tournèrent de mon côté. J'avais dû pâlir, car Eliot bondit vers moi...

— Ça ne va pas ?

— Non, pas très bien. Je suis désolée...

— Oh, mon Dieu !

Mollie avait repoussé brusquement sa chaise, et, de l'autre côté de la table, Andrea m'observait d'un air glacial.

— Le verre... Je regrette...

Grenville, qui occupait la place d'honneur, prit la parole.

— Tu n'as pas à t'inquiéter pour un verre brisé ; ça n'a aucune importance ! Mollie, cette petite est épuisée, emmenez-la dans sa chambre et mettez-la au lit.

J'ai protesté sans conviction. Eliot m'a aidée à me relever en me soutenant les coudes, et une bouffée d'air frais venue du vestibule m'a apaisée dès que Mollie a ouvert la porte. Je ne risquais plus de m'évanouir...

En passant à côté de Grenville, je lui ai présenté des excuses pour la troisième fois et je l'ai embrassé avant de m'éclipser. Mollie a refermé la porte ; nous sommes montées dans ma chambre. Aussitôt déshabillée, je me suis couchée. Quand elle a éteint la lampe je dormais déjà.

Je me suis réveillée le lendemain à 10 heures, après quatorze heures de sommeil. Depuis des années, je n'avais pas dormi aussi tard ! Derrière les carreaux, le ciel était bleu. Une lumière nordique, froide et brillante, se réfléchissait sur les murs blancs de ma chambre. Je me suis levée, j'ai pris un bain, et, une fois habillée, je me suis sentie en pleine forme... malgré une certaine gêne au souvenir de ce qui s'était passé la veille. Avait-on pu s'imaginer que j'avais trop bu ?

Au rez-de-chaussée, j'ai fini par découvrir Mollie à l'office : elle disposait un grand bouquet de primevères pourpres et roses dans un vase.

— Avez-vous bien dormi ? m'a-t-elle demandé aimablement.

— D'un sommeil de plomb. Pour hier soir, je suis désolée...

— Ma pauvre, vous étiez épuisée ; je regrette de ne pas m'en être aperçue plus tôt. Voulez-vous prendre votre petit déjeuner ?

— Un simple café.

Dans la cuisine, elle m'a préparé une tasse de café tandis que je me faisais griller un toast.

— Il n'y a plus personne, ai-je remarqué.

— Eliot est au garage, et Pettifer fait des courses en voiture à Fourbourne pour Grenville.

— Comment pourrais-je vous aider ?

— Eh bien... (Elle hésita un instant. Vêtue, ce matin-là, d'un sweater couleur caramel et d'une jupe étroite en tweed, maquillée et coiffée à la perfection, elle me semblait d'une netteté presque inhumaine.) Vous pourriez aller chercher le poisson à Porthkerris. Le poissonnier m'a annoncé un arrivage de flétan... Ça serait parfait pour le dîner. Je peux vous prêter ma petite voiture si vous conduisez.

— Je conduis, mais je préfère y aller à pied ; il fait si beau !

— Alors passez par le raccourci à travers champs et le long de la falaise... J'ai une idée ! reprit-elle d'un air soudain inspiré. Si vous emmenez Andrea avec vous, elle pourra vous montrer le chemin, et la poissonnerie. Et puis elle ne met jamais le nez dehors ; une petite promenade lui fera le plus grand bien.

Cette Andrea avait l'air d'une grande paresseuse, et l'idée de passer la matinée en sa compagnie ne m'enchantait guère ; mais j'éprouvais de la sympathie pour Mollie, qui ne savait que faire de son encombrante nièce. J'ai donc accepté sa suggestion. Ma tasse de café avalée, je suis partie en quête d'Andrea, que Mollie avait aperçue sur la terrasse.

Allongée au soleil sur une chaise longue, elle s'était pelotonnée sous une couverture pour regarder le paysage d'un œil maussade. On aurait dit la passagère d'un transatlantique, souffrant du mal de mer.

— Voulez-vous marcher avec moi jusqu'à Porthkerris ?

Elle me considéra d'un air ébahi.

— Pourquoi ?

— Mollie m'a demandé d'aller acheter du poisson, et je ne connais pas le chemin. Comme la matinée est splendide, nous pourrions passer par les falaises.

Elle prit le temps de réfléchir, puis elle se releva en maugréant :

— Bon, d'accord.

Comme la veille, elle portait un jean d'une propreté douteuse et un large pull à rayures noires et blanches qui flottait sur ses hanches étroites. Nous sommes retournées à la cuisine en quête d'un panier, puis nous avons marché en direction de la mer à travers la terrasse et le jardin en pente.

Au fond du jardin, des marches de pierre menaient de l'autre côté du mur. Andrea m'a dépassée, et je me suis arrêtée pour observer l'atelier sous cet angle. Comme l'avait dit Joss, il semblait entièrement clos et à l'abandon. La grande verrière du côté nord était obstruée par des rideaux soigneusement tirés, qui le soustrayaient aux regards indiscrets.

Debout sur le mur, Andrea avait suivi mon regard.

— Il ne peint plus jamais.

— Je sais.

— Ça m'étonne. Il doit bien y avoir une raison...

Cheveux au vent, elle a sauté du mur et totalement disparu de mon champ de vision. Après avoir jeté un dernier regard vers l'atelier, je l'ai suivie. Nous avons emprunté un sentier à travers champs, puis traversé un fouillis d'ajoncs qui m'arrivaient à la taille. Une clôture ouvrait sur le chemin de la falaise.

C'était, de toute évidence, une promenade très appréciée des touristes, car il y avait des bancs pour admirer les points de vue, des corbeilles à papier et des écriteaux incitant les promeneurs à ne pas trop s'approcher d'un bord qui risquait de s'effondrer.

Andrea bondit immédiatement dans la direction interdite pour contempler l'horizon. Des mouettes tournoyaient bruyamment autour d'elle et on pouvait entendre le grondement lointain des vagues se brisant sur les rochers. Le vent s'engouffrait dans ses cheveux et son sweater trop ample... Elle ouvrit grand les bras et vacilla légèrement, comme si elle allait tomber la tête la première. Ayant constaté que ses velléités suicidaires ne m'inquiétaient pas, elle revint aussitôt en terrain plus sûr.

Nous avancions l'une derrière l'autre, Andrea en tête. La ville nous apparut au détour du chemin : des maisons basses, nichées autour de la baie et escaladant la colline abrupte, en direction de la lande. Après une nouvelle clôture, nous avons marché côte à côte sur la route, et Andrea a engagé la conversation.

— Il paraît que ta mère vient de mourir.

— Oui, c'est vrai.

— Tante Mollie m'a parlé d'elle. C'était une femme... dépravée, paraît-il.

Au prix d'un effort surhumain, j'ai gardé mon calme. Je ne voulais pas donner à Andrea l'occasion de triompher trop facilement.

— Mollie ne la connaît pas bien. Elles ne s'étaient pas vues depuis des années.

— Elle n'était pas dépravée ?

— Non.

— Mollie m'a dit qu'elle vivait avec des hommes.

J'ai réalisé qu'Andrea ne cherchait pas seulement à me titiller. Son attitude révélait une certaine curiosité, et même une pointe d'envie.

— Elle était très gaie, très chaleureuse et très belle, ai-je précisé.

Satisfaite de ma réponse, elle a continué à me questionner.

— Où habites-tu ?

— A Londres. J'ai un petit appartement.

— Tu vis seule ?

— Oui, seule.

— Alors, tu vas à des soirées ?

— Oui, quand on m'invite, et si j'en ai envie !

— Et quel métier as-tu ?

— Je travaille dans une librairie.

— Quelle horreur !

— Ça me plaît...

— Où as-tu rencontré Joss ?

Nous arrivions, semble-t-il, au cœur du sujet, mais son visage inexpressif n'en laissait rien paraître.

— Je l'ai rencontré à Londres. Il m'a réparé une chaise.

— Tu le trouves sympathique ?

— Je ne le connais pas assez pour avoir une opinion.

— Eliot le déteste. Tante Mollie aussi.

— Pourquoi ?

— Parce qu'ils le trouvent encombrant. Ils aimeraient qu'il soit plein de déférence pour eux, mais ce n'est pas son genre. Et puis il parle à Grenville et il le fait rire. J'ai surpris leurs conversations.

Je l'imaginais se faufilant derrière les portes fermées et écoutant par le trou de la serrure.

— Tant mieux, s'il fait rire ce vieil homme !

— Un jour, je l'ai entendu se disputer avec Eliot. C'était terrible ! Il s'agissait d'une voiture qu'Eliot avait vendue à un de ses amis. Joss prétendait qu'elle n'était pas en état de marche, et Eliot l'a traité d'insolent et de salaud.

— Cette dispute a eu lieu en ta présence ?

— Ils étaient dehors devant la porte, et moi j'ai tout entendu des toilettes, par la fenêtre ouverte. Je ne pouvais pas faire autrement.

— Quand es-tu arrivée à Boscarva ? (Je voulais savoir combien de temps elle avait mis à découvrir tous ces secrets de famille.)

— Il y a quinze jours, mais ça m'a paru des siècles.

— Tu t'ennuies tant que ça ?

— Vraiment à mourir ! Je ne suis plus une enfant, tu sais ; et je ne vais tout de même pas aller à la plage faire des pâtés de sable !

— A Londres, que faisais-tu ?

Elle donna un coup de pied dans un galet, d'un air mauvais.

— J'étais à mon cours de dessin, mais mes parents n'appréciaient pas mes... fréquentations. Alors, ils m'ont envoyée ici.

— Tu ne peux pas passer ta vie à Porthkerris. Que feras-tu à ton retour ?

— Ça dépendra d'eux, non ?

— Mais *toi*, as-tu des projets ? (Je plaignais du fond du cœur les parents de cette odieuse gamine.)

— Si seulement ils me fichaient la paix ! Danus, ce type formidable avec qui je sortais... Un de ses amis a un atelier de poterie dans l'île de Skye. J'aurais pu y aller pour l'aider. Ça avait l'air super. La vie en communauté, loin du monde... Ma mère a trouvé moyen de mettre son grain de sel, et ça n'a pas marché.

— Où est Danus maintenant ?

— A Skye !

— Il t'a écrit pour te donner des nouvelles ?

Elle rejeta la tête en arrière et se mit à jouer avec une mèche de ses cheveux en fuyant mon regard.

— Oui, bien sûr, de longues lettres. Des montagnes de lettres ! Il m'attend là-bas, et j'irai le rejoindre dès que j'aurai dix-huit ans et que plus personne ne m'en empêchera.

— Tu pourrais d'abord reprendre tes cours de dessin. Ça te donnerait une certaine qualification, et tu aurais le temps de...

— Dis donc, quel âge as-tu ? Tu parles exactement comme les adultes ; on dirait que tu as déjà un pied dans la tombe.

— Tu risques de gâcher ta vie !

— De quoi te mêles-tu ?

— C'est *ta* vie, en effet.

Après cette stupide altercation, nous avons poursuivi notre chemin en ville sans desserrer les dents. Au bout d'un moment, elle a grommelé : « Voici la poissonnerie », en joignant le geste à la parole.

Elle est restée plantée d'un air boudeur sur le trottoir tandis que j'entrais dans la boutique. Je pensais la retrouver après avoir acheté le flétan, mais elle ne m'avait pas attendue.

Soudain, elle est ressortie de chez le marchand de journaux, un magazine pornographique à la main.

— Veux-tu rentrer, ou préfères-tu faire des courses ?

— Des courses, sans un sou ?

Soudain apitoyée, je lui ai proposé d'aller prendre un café avec moi. Elle a semblé ravie, et j'ai pensé qu'elle allait accepter ma timide suggestion ; mais elle me réservait une surprise.

— Si on allait voir Joss ? a-t-elle proposé.

— Voir Joss ?

— J'ai l'habitude d'y aller quand je descends en ville. Il apprécie beaucoup mes visites et il m'a fait promettre de passer chaque fois que j'en aurais l'occasion.

— Comment sais-tu qu'il sera chez lui ?

— Puisqu'il n'est pas à Boscarva aujourd'hui, on le trouvera sûrement à son magasin. Y es-tu allée ? C'est super. Il y a une petite pièce, en haut, comme dans un magazine de décoration, avec un divan, des tonnes de coussins, et un feu de bois. La nuit, reprit-elle rêveusement, tout devient intime et secret ; on ne voit plus que la lumière des flammes.

Je faillis rester bouche bée.

— Tu veux dire que toi et Joss...

Andrea haussa les épaules en rejetant ses cheveux en arrière.

— Une ou deux fois, mais personne n'est au courant. Je t'ai confié un secret ; promets-moi de le garder pour toi.

— Mollie ne te pose jamais de questions ?

— Je lui fais croire que je vais au cinéma ; ça n'a pas l'air de la gêner. Maintenant, allons chez Joss !

Après une telle révélation, je n'avais pas la moindre envie de céder à sa demande.

— Il ne faut pas interrompre Joss pendant qu'il travaille, et d'ailleurs nous n'avons plus le temps.

— On a le temps de prendre un café, mais il est trop tard pour aller voir Joss ?

— Andrea, je te dis que je ne veux pas y aller.

Elle se mit à sourire d'un air équivoque.

— Je croyais que tu l'aimais bien.

— Ce n'est pas le problème. Il ne faut pas le déranger !

— Tu veux dire que *je* ne dois pas le déranger ?

— Je parle pour nous deux.

— Il a toujours envie de me voir ; j'en suis sûre !

Je me souvins de l'antipathie que m'avait inspirée Joss au premier abord. Malgré sa prévenance et ses démonstrations d'amitié, j'avais toujours eu la désagréable impression qu'il me guettait sournoisement. Depuis la veille, mes sentiments avaient évolué, et je commençais à l'apprécier davantage ; mais les confidences d'Andrea avaient fait renaître ma méfiance initiale : il était trop joli garçon, trop charmant...

Andrea mentait peut-être ; mais elle avait les pieds sur terre et une incroyable lucidité, qui lui avait permis de découvrir en un rien de temps les secrets de la famille Bayliss. Même s'il n'y avait qu'un grain de vérité dans ce qu'elle m'avait raconté au sujet de Joss, je ne voulais pas m'en mêler.

Si je l'avais mieux connu et si j'avais eu plus d'estime pour lui, je l'aurais pris à part pour lui demander des éclaircissements. En l'occurrence, je ne me sentais pas concernée et j'avais bien d'autres soucis.

Ce jour-là, Grenville n'apparut pas au déjeuner.

— Il préfère garder le lit, car il est fatigué, nous dit Mollie. Pettifer le servira dans sa chambre. Il dînera peut-être avec nous.

Nous prîmes donc le déjeuner à trois. Mollie portait une élégante robe de lainage, éclairée d'un double rang de perles. Elle allait, paraît-il, jouer au bridge chez des amis à Fourbourne, et elle espérait que je trouverais à me distraire.

Je l'ai rassurée et nous avons échangé un sourire à travers la table. Avait-elle vraiment dit à Andrea que ma mère était « dépravée », ou n'était-ce qu'une interprétation de cette gamine à l'imagination pervertie ? Quoi qu'il en soit, j'aurais préféré que Mollie évite d'aborder ce sujet avec sa nièce. Ma mère avait été une personne pleine de joie et de vivacité ; c'était le souvenir qu'il fallait garder d'elle maintenant qu'elle nous avait quittés.

Pendant que nous déjeunions, le temps se gâta soudain : le vent s'était levé à l'ouest, et une armée de nuages envahit le ciel bleu. Le soleil avait disparu, et il se mit à pleuvoir. Mollie partit donc sous la pluie, au volant de sa voiture ; elle comptait revenir vers 6 heures. Andrea, fatiguée par son exercice matinal, ou peut-être lassée par ma compagnie, alla s'enfermer dans sa chambre avec son infâme magazine.

Debout, au pied de l'escalier, je me demandais comment occuper mes loisirs forcés. Seuls le tic-tac de l'horloge de mon grand-père et quelques petits bruits domestiques, venant de la cuisine, rompaient le silence de ce morne après-midi. En m'approchant, j'aperçus Pettifer devant sa table, dans l'office, en train d'astiquer l'argenterie.

Il leva les yeux vers moi.

— Bonjour, je ne vous avais pas entendue.

— Comment va mon grand-père ?

— Ça va. Seulement un peu las, après les événements d'hier. Nous avons pensé qu'une journée de repos lui ferait du bien. Mrs. Roger est partie ?

— A l'instant.

— Il me semblait bien avoir entendu la voiture.

Je pris une chaise pour m'installer en face de lui.

— Accepteriez-vous mon aide ?

— Ça serait très gentil... Ces cuillères auraient besoin d'un bon coup de peau de chamois. C'est l'air de la mer qui les met dans cet état. Sûr que l'argenterie ne supporte pas l'humidité ! (Tandis que j'astiquais le métal usé de la cuillère, Pettifer me regardait pardessus ses lunettes.) C'est drôle de vous voir assise là, tant d'années après. Votre maman passait la moitié de sa vie dans la cuisine... Lorsque Roger est allé en pension, elle n'avait plus personne à qui parler ; alors nous lui tenions compagnie, Mrs. Pettifer et moi. Ma femme lui apprenait à faire des gâteaux et à jouer au whist. Nous passions de bons moments ! Un jour comme aujourd'hui, elle aurait fait des toasts sur la cuisinière... Sur l'ancienne, que nous n'avons plus. La nouvelle n'est pas mal, mais l'ancienne était bien pratique, avec son feu qui flambait derrière. Une grille et ses boutons de cuivre toujours bien astiqués.

— Depuis combien de temps êtes-vous à Boscarva, Pettifer ?

— Depuis que le Commandant a acheté la maison, en 1922. C'est l'année où il a décidé de devenir peintre. Mrs. Bayliss n'a pas du tout apprécié. Elle est restée des mois sans lui parler !

— Comment expliquez-vous sa réaction ?

— C'était une fille de marin. Son père était capitaine de l'*Imperious* quand le Commandant en était premier lieutenant. Ils ont fait connaissance comme ça, et ils se sont mariés à Malte. Un mariage grandiose, avec tous les marins présentant les armes, etc. La marine, ça comptait beaucoup pour Mrs. Bayliss ! Quand le Commandant a voulu donner sa démission, ils se sont disputés comme des chiffonniers, mais il a refusé de revenir sur sa décision. Alors nous avons quitté Malte définitivement. Le Commandant a trouvé cette maison, et nous nous sommes tous installés ici.

— Et vous n'en avez pas bougé depuis ?

— Plus ou moins. Le Commandant s'est inscrit aux Beaux-Arts, à Londres ; il avait un petit pied-à-terre près de Saint James. Quand il y séjournait, je l'accompagnais pour m'occuper de lui, et Mrs. Pettifer restait avec Mrs. Bayliss et Roger. Votre maman n'était pas encore née.

— Mais après les Beaux-Arts ?

— Il s'est installé ici pour de bon et il a construit l'atelier. Ce n'était pas l'inspiration qui lui manquait, à l'époque. Il faisait des merveilles ! Ces grands paysages, si froids et si lumineux qu'on pouvait humer le vent et sentir le sel rien qu'à les voir !

— Y a-t-il un grand nombre de ses tableaux ici ?

— Pas tant que ça. Il y a le bateau de pêche au-dessus de la cheminée de la salle à manger, un ou deux dessins dans le couloir d'en haut, trois ou quatre dans son bureau, et encore deux toiles dans la chambre de Mrs. Roger.

— Et celui du salon...

— Oui, bien sûr, *la Dame à la rose.*

— Qui était-ce ?

Trop concentré sur la fourchette qu'il était en train d'astiquer, il ne répondit pas.

— Qui est la jeune femme qu'il a peinte ? demandai-je à nouveau.

— Elle s'appelait Sophia.

Sophia... Depuis que ma mère avait mentionné son nom au détour de la conversation, je voulais en savoir plus ; et Pettifer venait de parler d'elle avec le plus grand naturel.

— Elle posait pour votre grand-père, reprit Pettifer. Je crois qu'elle avait commencé quand il était étudiant à Londres, et elle avait pris l'habitude de passer quelques mois pendant l'été à Porthkerris. Elle se trouvait un logement et elle travaillait pour tous les artistes qui avaient les moyens de la payer.

— Elle était très belle ?

— Pas mon genre de beauté. Mais une femme pleine d'entrain et qui ne manquait pas de conversation ! Elle était irlandaise — du comté de Cork.

— Que pensait ma grand-mère de Sophia ?

— Leurs chemins ne se sont jamais croisés ; pas plus que votre grand-mère n'aurait fréquenté son boucher ou sa coiffeuse !

— Alors Sophia ne venait jamais à Boscarva ?

— Bien sûr que si ! Elle posait dans l'atelier, et puis votre grand-père se lassait d'elle, ou s'énervait. Alors, il la congédiait, et elle traversait le jardin pour sortir par la porte de derrière. En passant devant la cuisine, elle demandait s'il n'y avait pas une tasse de thé, et Mrs. Pettifer avait toujours la bouilloire prête pour elle.

— Elle lisait l'avenir dans les feuilles de thé ?

— Comment le savez-vous ?

— Ma mère me l'a dit.

— C'est juste ! Elle annonçait à tout le monde des choses merveilleuses. Bien sûr, elle se trompait, mais c'était un plaisir de l'écouter. Elle s'entendait si bien avec votre mère ! Quand il faisait beau, elles emportaient à la plage un pique-nique préparé par Mrs. Pettifer. Les jours de tempête, elles allaient se promener sur la lande.

— Que faisait ma grand-mère pendant tout ce temps ?

— Eh bien, elle jouait au bridge ou au mah-jong avec son cercle d'amis. C'était une femme aimable, mais les enfants ne l'intéressaient pas le moins du monde ! Si elle s'était un peu plus occupée de Lisa quand elle était enfant, elles auraient eu sans doute plus de points communs par la suite, et votre maman ne nous aurait pas brisé le cœur en s'en allant.

— Qu'est devenue Sophia ?

— Elle est repartie à Londres, elle s'est mariée et elle a eu un enfant, paraît-il. En 1942, elle a été tuée pendant le *Blitz*. Son bébé était à la campagne, et son mari dans l'armée, mais elle travaillait à Londres dans un hôpital. Nous avons appris tout cela bien longtemps après. Pour Mrs. Pettifer et moi, c'était comme si une lumière s'était éteinte dans notre vie.

— Et mon grand-père ?

— Il a été navré, évidemment, mais il ne l'avait pas vue depuis des années, et elle n'était qu'un de ses anciens modèles.

— Y a-t-il d'autres portraits d'elle ?

— Oui, dans un certain nombre de galeries d'art, en province. La galerie de Porthkerris en a un, que vous pouvez aller voir. Il y en a deux aussi dans la chambre de Mrs. Roger.

— Si nous montions tout de suite ? (Pettifer parut surpris, comme par une suggestion légèrement indécente.) Pensez-vous que Mrs. Bayliss serait fâchée ?

— Non, pas du tout... Allons-y !

Il se redressa laborieusement. Je le suivis jusqu'au premier étage et le long de l'un des corridors. Il ouvrit la porte d'une grande chambre aux meubles victoriens démodés, avec un tapis dans des tons rose et crème.

Mollie avait tout laissé dans un ordre impeccable. Deux petites peintures à l'huile étaient accrochées côte à côte entre les deux fenêtres. L'une représentait une jeune fille allongée à l'ombre d'un noisetier, et l'autre la même personne, mettant du linge à sécher par un jour de grand vent. De simples silhouettes, qui déçurent ma curiosité !

— Je ne sais toujours pas à quoi ressemblait le visage de Sophia.

Sur le point de me répondre, Pettifer s'interrompit brusquement, car une sonnerie venait de retentir au fond de la maison. La tête penchée, il murmura :

— C'est le Commandant ; il a dû nous entendre à travers la cloison. Excusez-moi, je vous prie.

Je suis sortie derrière lui de la chambre de Mollie, et j'ai refermé la porte. Il a fait quelques pas dans le corridor avant d'entrer dans une chambre.

— Qu'est-ce que tu marmonnais ? a demandé Grenville.

— Je montrais à Rebecca les deux tableaux, dans la chambre de Mrs. Roger.

— Rebecca est ici ? Fais-la entrer...

Grenville était assis dans un profond fauteuil, les pieds reposant sur un tabouret. Il était habillé, mais un plaid couvrait ses genoux. Un feu crépitait dans l'âtre. Tout était parfaitement rangé, comme dans une cabine de bateau.

— Je vous croyais au lit, ai-je murmuré.

— Pettifer m'a levé après le déjeuner. Je ne supporte pas de passer la journée allongé. De quoi parliez-vous donc tous les deux ?

— Pettifer me montrait certaines de vos toiles.

— Elles doivent te paraître démodées. Mais les jeunes artistes reviennent maintenant au réalisme, tu sais. D'ailleurs, je m'y attendais ! J'aimerais te donner l'une de mes toiles. Il y en a des tas qui n'ont jamais été triées dans mon atelier. J'ai tout laissé en plan il y a dix ans et je n'y suis jamais retourné. Où est la clef, Pettifer ?

— En lieu sûr, Commandant.

— Pettifer te remettra la clef, et tu iras y faire un tour pour voir si quelque chose te plaît. As-tu des murs pour accrocher une toile ?

— J'ai un appartement à Londres dont les murs sont nus.

— As-tu remarqué ces bibelots de jade, dans une vitrine au rez-de-chaussée ? Je les avais rapportés de Chine, il y a des années, pour Lisa. Maintenant, ils t'appartiennent. Sa grand-mère lui avait d'ailleurs laissé un miroir. Où est-il, Pettifer ?

— Dans le petit salon, Commandant.

— Il faudra le descendre et lui donner un coup de chiffon. Ça te ferait plaisir, n'est-ce pas, Rebecca ?

— Certainement ! (J'étais soulagée que Grenville ait parlé spontanément des objets ayant appartenu à ma mère. Après une seconde d'hésitation, j'ai décidé de battre le fer pendant qu'il était chaud et j'ai ajouté d'une voix timide :) Il y avait aussi un petit bureau, un *davenport*.

— Hum ! (Il m'a foudroyée du regard.) Comment le sais-tu ?

— Maman m'avait parlé des objets de jade, du miroir, et d'un bureau. (Les yeux de Grenville jetaient des éclairs, et j'ai regretté d'en avoir trop dit.) Mais ça n'a pas d'importance. C'était au cas où personne ne l'aurait utilisé...

— Pettifer, te souviens-tu de ce bureau ?

— Oui, maintenant je m'en souviens... Il était dans

une chambre du grenier, mais je ne l'ai pas vu depuis quelque temps.

— Eh bien, tâche de le retrouver, s'il te plaît. Et remets-nous quelques bûches dans le feu... Mais où sont-ils passés ? demanda-t-il soudain, tandis que Pettifer s'acquittait de sa mission. Cette maison est sinistre ; on n'entend plus que le bruit de la pluie !

— Mrs. Roger est à son bridge, et Miss Andrea sans doute dans sa chambre.

— Si nous prenions une tasse de thé ? (Grenville me regardait d'un air engageant.) Ce serait une bonne idée, non ? Nous n'avons pas encore eu l'occasion de faire vraiment connaissance : soit tu tournes de l'œil au milieu du dîner, soit je suis trop mal en point pour sortir de mon lit !

— Une excellente idée.

— Pettifer va nous monter un plateau.

— Non, je m'en charge. Pettifer a passé sa journée à monter et à descendre ; ses jambes ont besoin d'un peu de repos.

— Eh bien, d'accord. Et surtout, pense à nous apporter une grande assiette de toasts beurrés.

J'étais navrée d'avoir fait allusion à ce bureau, apparemment introuvable. Pendant que nous prenions le thé, Grenville et moi, Pettifer se mit à sa recherche ; mais il eut beau fouiller la maison de fond en comble, il ne l'avait toujours pas retrouvé lorsque vint le moment de reprendre le plateau.

— Le *davenport* a disparu, conclut-il.

— Tes yeux deviennent aussi mauvais que les miens, objecta Grenville, incrédule.

— Un bureau ne passe pas inaperçu, Commandant !

— On l'a peut-être donné à réparer... (J'avais

espéré calmer le jeu par cette suggestion, mais ils me regardaient tous les deux comme si j'avais proféré une absurdité.)

— Il n'est tout de même pas dans votre atelier, risqua Pettifer.

— Voyons, ça n'est pas sa place ; il m'aurait encombré ! (Grenville semblait de plus en plus nerveux.) Quand j'allais à mon atelier, c'était pour peindre, pas pour écrire des lettres !

— On finira bien par le retrouver, ai-je murmuré de ma voix la plus sereine avant de descendre moi-même le plateau dans la cuisine.

Pettifer vint me rejoindre, bouleversé par les derniers événements.

— Ce n'est pas bon pour le Commandant de se mettre dans cet état... et il va continuer à chercher, comme un fox-terrier qui s'acharne sur un rat. Je vous le garantis !

— C'est ma faute. Je n'aurais jamais dû en parler !

— Je me rappelle très bien ce meuble ; mais je ne l'ai pas vu depuis longtemps.

Je me mis à laver les tasses et les soucoupes. Pettifer les séchait avec un torchon.

— Il y avait une chaise Chippendale devant ce bureau, reprit-il. Une chaise recouverte d'une tapisserie plutôt usée, avec des fleurs et des oiseaux. Elle a disparu aussi ! Nous n'en parlerons pas au Commandant, ni vous ni moi.

Je lui ai donné ma promesse en lui assurant que cette affaire n'avait aucune importance.

— Peut-être pour vous, mais le Commandant n'est pas près d'oublier ; il a toujours eu une mémoire d'éléphant, et parfois je m'en serais bien passé, marmonna-t-il d'un air entendu.

Lorsque je descendis dîner, ce soir-là, après avoir revêtu mon caftan brun et argent, Eliot était au salon. Un verre à la main, il lisait le journal devant le feu. Rufus, son inséparable compagnon, était étendu à ses pieds, comme une splendide fourrure. Mon arrivée troubla, hélas, cette scène paisible.

Eliot se leva en abandonnant son journal sur son siège.

— Comment allez-vous, Rebecca ? Hier soir, j'ai craint que vous ne tombiez malade.

— Une bonne nuit m'a remise d'aplomb.

— C'est ce que m'a dit ma mère. Voulez-vous boire quelque chose ?

Il me versa un verre de sherry et je m'accroupis au coin du feu pour caresser les oreilles soyeuses de Rufus.

— Il vous suit partout ?

— Absolument ! Au garage, au bureau, dans les pubs, partout où je vais... On le connaît bien dans la région !

Eliot vint se rasseoir à côté de moi, son verre à la main.

— J'ai rendez-vous demain à Falmouth, au sujet d'une voiture. Si vous m'accompagnez, vous aurez une bonne occasion de visiter la région... Voulez-vous venir ?

— Volontiers, répondis-je avec un empressement qui me surprit.

— Ça ne sera pas follement drôle, mais vous trouverez à vous distraire pendant mon rendez-vous. Et, au retour, nous pourrions nous arrêter dans une petite auberge où ils servent de délicieux fruits de mer. Aimez-vous les huîtres ?

— Oui.

— Très bien, moi aussi. Nous rentrerons en passant par High Cross. Comme ça vous verrez où nous habitons normalement, ma mère et moi.

— Votre mère m'a parlé de votre maison ; elle doit être charmante.

— Mieux que ce mausolée...

— Boscarva n'a rien d'un mausolée !

— Je n'ai jamais été attiré par les reliques victoriennes.

J'allais protester, mais Grenville vint nous rejoindre à cet instant. Nous avions reconnu le bruit de ses pas dans l'escalier et sa voix haut perchée, à laquelle répondaient les grognements de Pettifer. Il traversa le vestibule en frappant de sa canne le parquet ciré, et Eliot alla lui ouvrir la porte en m'adressant une petite moue boudeuse.

Grenville pénétra dans le salon, comme la proue d'un grand navire insubmersible.

— Très bien, Pettifer, tu peux disposer.

Je m'étais levée pour approcher le fauteuil dans lequel il avait pris place la veille, mais mon geste sembla l'impatienter. Il était d'une humeur noire...

— Arrête donc de faire des manières, ma petite. Tu t'imagines que je vais m'asseoir *dans* le feu. Je n'ai pas l'intention de finir carbonisé !

Lorsque j'eus reculé le fauteuil, Grenville consentit à y prendre place.

— Que voulez-vous boire ? demanda Eliot.

— Je prendrai un whisky. Oui, un whisky. Je sais ce qu'a dit cet imbécile de médecin, mais ce soir il me faut un whisky !

Eliot hocha la tête, puis il alla emplir en silence le verre de Grenville.

— Où a bien pu passer le *davenport* ? demanda alors

ce dernier en se tournant vers moi, le bras appuyé sur l'accoudoir de son fauteuil.

— Oh, Grenville, n'en parlons plus. Je n'ai vraiment...

— Comment, n'en parlons plus ? Il faut retrouver ce damné bureau. J'ai prié Pettifer de poursuivre ses recherches jusqu'à ce qu'il réapparaisse.

Eliot avait posé le verre de whisky devant Grenville, sur une table basse.

— De quoi s'agit-il exactement ?

— D'un petit *davenport* qui était dans l'une des chambres à coucher. Il appartenait à Lisa, et maintenant il est à Rebecca. Elle va le mettre à Londres, dans son appartement ; mais Pettifer ne le retrouve pas. Il dit qu'il a passé toute la maison au peigne fin ! Tu ne l'as pas vu, Eliot ?

— Je ne l'ai jamais vu. Je ne sais même pas à quoi ressemble ce genre de meuble !

— C'est un petit bureau, avec des tiroirs sur le côté, et un dessus en cuir. On n'en trouve plus beaucoup aujourd'hui et ça vaut très cher, je suppose.

— Pettifer a dû oublier qu'il l'avait déplacé.

— Pettifer n'oublie jamais.

— Alors, c'est Mrs. Pettifer...

— Je te dis que non !

A cet instant, Mollie apparut dans le salon. Elle arborait un sourire rayonnant, comme si, ayant entendu des éclats de voix à travers la porte, elle avait décidé de détendre à tout prix l'atmosphère.

— Bonjour tout le monde. Désolée d'être un peu en retard, mais cette part de flétan — achetée par Rebecca ce matin — exigeait des soins attentifs !

Elle se pencha pour embrasser Eliot, qu'elle voyait pour la première fois de la journée, semblait-il. Puis elle déposa un baiser sur la joue de son beau-père.

— Vous semblez plus reposé, lui lança-t-elle.

Sans lui laisser le temps de la contredire, elle se tourna vers moi en souriant.

— Avez-vous passé un bon après-midi ?

— Oui, merci. Et votre bridge ?

— Pas mal. J'ai gagné vingt pence. Eliot, mon chéri, je meurs de soif. Andrea ne va pas tarder à arriver...

Quand elle en eut fini avec ces banalités, Grenville revint à l'attaque.

— Nous avons perdu quelque chose, annonça-t-il.

— Vos boutons de manchettes, je parie !

— Non, un bureau.

Cette histoire devenait ridicule...

— Vous avez *perdu* un bureau ? s'étonna Mollie.

Grenville fit, à son intention, un nouvel exposé des faits. En apprenant que j'étais à l'origine de la crise, Mollie me jeta un regard courroucé, comme si elle s'étonnait que son hospitalité et sa gentillesse soient si mal payées de retour. Sa réaction me sembla bien naturelle.

— Il ne s'est pas volatilisé, observa-t-elle en s'asseyant sur un tabouret, son verre à la main, pour reconsidérer toute l'histoire. On a dû le ranger quelque part.

— Pettifer l'a cherché.

— Il aurait bien besoin de changer de lunettes ! Où peut-être a-t-il oublié qu'il l'a changé de place.

— Pettifer n'oublie jamais. (Grenville, indigné, tapait du poing sur le bras de son fauteuil.)

— A vrai dire, observa Eliot, il me semble qu'il oublie tout.

Grenville lui jeta un regard fulgurant.

— Que veux-tu insinuer ?

— Rien de spécial. Seulement qu'il se fait vieux...

— Donc, tu accuses Pettifer.

— Je n'accuse personne.

— Tu viens de dire qu'il est trop vieux pour savoir ce qu'il fait. S'il est trop vieux, que penses-tu de mon âge, à *moi* ?...

— Je n'ai jamais...

— Tu l'as accusé !

Eliot perdit patience et éleva la voix.

— Si je devais blâmer quelqu'un, je me poserais des questions au sujet d'un certain Joss Gardner. (Il se tut un instant et poursuivit sa diatribe d'un ton plus calme.) Je n'accuse personne d'avoir volé, mais Joss circule ici librement, à longueur de journée, et il entre dans toutes les pièces. Il sait, mieux que quiconque, ce qu'il y a dans cette maison. Et il connaît la valeur de chaque meuble !

— Qu'aurait-il fait d'un bureau ? demanda Mollie.

— Je te rappelle que c'est un meuble de valeur. Rare et cher... Grenville vient de nous le dire. Joss avait peut-être besoin d'argent. A le voir, on peut se douter qu'il ne roule pas sur l'or. C'est un connaisseur, et comme il va souvent à Londres, il sait où s'adresser !

Il se tut d'un seul coup, comme s'il craignait d'en avoir trop dit. Puis il termina son whisky et alla s'en verser un deuxième.

Le silence devenait gênant.

— Je pense que Joss... risqua Mollie.

Grenville l'interrompit sans ménagement.

— Un tas de balivernes !

— Qu'en savez-vous ? (Eliot avait reposé bruyamment la bouteille de whisky.) Que savez-vous de Joss Gardner ? Il est arrivé ici sans crier gare, en annonçant l'ouverture d'un magasin, et vous lui avez donné libre accès à votre maison, sous prétexte de le faire restaurer vos meubles. Ni vous ni nous ne savons rien de lui !

— Je sais que je peux lui faire confiance ; on m'a appris à juger un homme !

— Vous pouvez vous tromper.

— Pas autant que toi ! Tu devrais te montrer plus difficile dans le choix de tes relations, ajouta Grenville en forçant la voix.

Eliot écarquilla les yeux.

— Qu'insinuez-vous par là ?

— Que si tu avais un peu de dignité, tu cesserais de fréquenter cette ordure de Padlow.

Je regrettais amèrement d'assister à une telle scène, mais, coincée derrière le fauteuil de Grenville, je n'avais aucun moyen de prendre la fuite.

— Que savez-vous de mes relations avec Ernest Padlow ? répliqua Eliot.

— Je sais qu'on t'a vu plus d'une fois en sa compagnie... dans des bars...

Eliot me jeta un regard en coin.

— Ce salaud de Joss Gardner !

— Joss n'y est pour rien. C'est Hargreaves, mon banquier, qui m'a mis au courant. Il est passé l'autre jour prendre un verre de sherry. Et Mrs. Thomas, qui est venue rallumer le feu dans ma chambre ce matin, t'a vu avec Padlow dans ce sinistre clapier qu'il appelle ensemble immobilier.

— Des ragots de bas étage !

— La pure vérité ! Si tu crois que je vais vendre mes terres à ce propre à rien, tu te trompes !

— C'est terres ne vous appartiendront pas éternellement.

— Du calme, mon garçon ; on ne doit jamais

compter ses poussins avant que la poule ait fini de couver ! Tu te crois déjà maître des lieux, mais je te rappelle que tu n'es pas mon seul héritier.

A ce moment critique, Andrea ouvrit la porte, comme dans une mise en scène bien orchestrée. Elle venait nous annoncer, de la part de Pettifer, que le dîner était servi.

8

J'eus beaucoup de peine à trouver le sommeil ce soir-là. Après m'être tournée et retournée dans mon lit, être allée chercher un verre d'eau, avoir fait les cent pas dans ma chambre et regardé par la fenêtre, j'avais fini par me recoucher. Mais, dès que je fermais les yeux, la soirée tumultueuse que je venais de vivre défilait dans mon esprit comme un film ininterrompu, et rien ne pouvait faire taire les voix que j'entendais résonner.

— *Si je devais blâmer quelqu'un, je me poserais des questions au sujet d'un certain Joss Gardner. Que savons-nous de Joss ?*

— *Si tu avais un peu de dignité, tu cesserais de fréquenter cette ordure de Padlow. Si tu crois que je vais vendre mes terres à ce propre à rien, tu te trompes !*

— *Ces terres ne vous appartiendront pas éternellement...*

— *Je te rappelle que tu n'es pas mon seul héritier...*

Le dîner avait été le plus épouvantable des repas. Eliot et Grenville avaient à peine ouvert la bouche du début jusqu'à la fin. Pour compenser leur silence, Mollie avait tenu des propos insipides, auxquels je donnais la réplique par politesse. Andrea nous observait, avec une lueur de triomphe dans ses yeux égarés ; tandis que Pettifer faisait le service de sa démarche pesante, et nous servait un soufflé au citron — garni de crème fouettée — dont personne ne semblait avoir envie.

La dernière bouchée avalée, tout le monde se dispersa. Grenville se retira dans sa chambre ; Andrea dans le petit salon, d'où retentirent bientôt les beuglements stridents de la télévision. Sans explication, Eliot enfila son manteau, siffla son chien, et sortit en claquant la porte de la maison. Je me doutais qu'il allait boire, et je ne le trouvais pas totalement blâmable.

Nous avons atterri, Mollie et moi, dans le salon, chacune à un coin de la cheminée. Son ouvrage de tapisserie requérait toute son attention, mais ce tête-à-tête silencieux me sembla bientôt au-dessus de mes forces.

— Je vous demande pardon, Mollie, déclarai-je, en plongeant dans le vif du sujet. Je n'aurais jamais dû parler de ce bureau.

— Ce qui est fait, est fait. (Elle avait parlé sans même me regarder.)

— Quand Grenville m'a signalé les bibelots de jade et le miroir, j'ai repensé à ce bureau dont m'avait parlé ma mère. Je ne m'attendais pas à déclencher un tel drame !

— Grenville est parfois étrange. Quand il se met une idée en tête, personne ne peut le faire changer d'avis.

— Vous pensez à son attitude vis-à-vis de Joss...

— Je m'étonne de cette passion qu'il a pour Joss. C'est effrayant ! On dirait que ce garçon l'a ensorcelé. Nous ne supportons pas, Eliot et moi, de le voir circuler dans la maison comme s'il était chez lui !

N'importe quel artisan aurait emporté les meubles dans une camionnette, pour les réparer dans son atelier ! Nous avons essayé d'en parler à Grenville, mais il ne veut rien entendre. Et, après tout, c'est lui qui a le dernier mot ici.

— Un jour, Eliot lui succédera.

Mollie me jeta un regard glacial.

— Après ce qu'il a dit ce soir, on peut en douter.

— Oh, Mollie, je n'ai aucune arrière-pensée au sujet de Boscarva, et Grenville ne songerait pas un instant à me léguer sa propriété ! Il a dit ça dans le feu de la discussion, mais il ne le pensait pas réellement.

— Il a blessé Eliot.

— Eliot s'en remettra. Il faut se montrer indulgent envers les personnes âgées.

— Je n'ai été que trop indulgente envers Grenville, murmura Mollie en coupant un fil avec des ciseaux d'argent. Il a brisé ma vie ! Il aurait pu venir habiter High Cross avec Pettifer ; c'est ce que nous souhaitions. La maison est plus petite et beaucoup plus pratique. Tout le monde aurait été plus à l'aise et Eliot serait devenu propriétaire de Boscarva depuis des années. Il aura maintenant des droits de succession exorbitants à payer ; jamais il ne pourra s'en tirer ! Grenville nous a mis dans une situation vraiment désastreuse.

— Je pense qu'il est difficile d'être réaliste quand on a quatre-vingts ans et qu'on a vécu une grande partie de sa vie au même endroit.

— Toutes ces terres, et la ferme ! poursuivit Mollie comme si elle ne m'avait pas entendue. Eliot essaye d'en tirer le meilleur parti possible, mais Grenville ne se rend pas compte du mal qu'il se donne. Il n'a jamais manifesté le moindre intérêt à son égard ; il n'a jamais cherché à l'encourager ! Même pour son garage à High Cross, Eliot a dû se débrouiller entièrement seul. Son grand-père l'a envoyé promener quand il lui a demandé de l'aide. Il ne voulait pas entendre parler de voitures d'occasion... Eliot a dû emprunter à une tierce personne, et, depuis ce jour, il n'a plus demandé un sou à son grand-père. Il a du mérite, croyez-moi !

Elle avait pâli de colère au souvenir des difficultés rencontrées par son fils — une véritable tigresse se battant pour défendre son petit... Je me souvins des remarques de ma mère à propos de la manière dont elle avait couvé jadis le petit Eliot ; apparemment, elle était toujours la même.

Pour la calmer, je lui fis part de l'invitation qu'Eliot m'avait lancée pour le lendemain.

— Au retour, nous passerons par High Cross, précisai-je.

Mollie ne se laissa pas distraire longtemps de son idée fixe.

— Passez voir notre maison. Eliot a la clef. Presque chaque semaine je vais m'assurer que tout est en ordre, mais je me sens si malheureuse quand je dois quitter mon nid douillet pour revenir dans cette sinistre demeure... Ça me déprime vraiment, reprit-elle avec un petit rire désabusé. Il faut que j'arrive à reprendre le dessus, mais je serai bien contente quand tout sera terminé.

Quand tout sera terminé... En d'autres termes, après la mort de Grenville ! Je ne voulais pas penser à sa mort ; ni à Joss prenant dans ses bras la déplaisante Andrea, ou chargeant dans sa camionnette un *davenport* et une chaise Chippendale pour aller les vendre au plus offrant.

Que sais-tu de Joss ? Qu'en savons-nous ?

J'aurais préféré, quant à moi, ne rien savoir. Après m'être retournée dans mon lit et avoir martelé mon oreiller à coups de poing, j'ai attendu le sommeil sans beaucoup d'espoir.

Il plut la nuit durant, mais, le lendemain matin, le temps s'était éclairci. Sous un ciel d'un bleu délavé, tout semblait briller dans la lumière froide et translucide du printemps. Je me suis penchée à la fenêtre pour respirer une odeur de mousse, douce et humide. La mer était pâle et bleue comme un tissu de soie, et des mouettes effleuraient paresseusement de leurs ailes le bord de la falaise. Un bateau quittait le port pour aller pêcher au large. Je pouvais distinguer, dans un profond silence, le halètement lointain de son moteur.

J'ai repris courage. Le passé était le passé, et aujourd'hui serait un jour meilleur. J'avais la chance de m'éloigner de la maison : je pourrais échapper aux reproches de Mollie et à la présence hostile d'Andrea. Après mon bain, je me suis habillée et je suis descendue. Dans la salle à manger, Eliot était attablé devant un œuf au bacon. A mon grand soulagement, il paraissait d'excellente humeur lorsqu'il a levé les yeux de son journal.

— J'étais sur le point de venir vous réveiller ! Vous auriez pu oublier...

— Non, je suis prête.

— Nous sommes les premiers levés, et, avec un peu de chance, nous pourrons quitter la maison sans voir personne. (Il m'adressa un sourire d'enfant coupable.) Par un si beau jour, je ne supporte pas les reproches !

— Je n'aurais jamais dû parler de ce stupide bureau, Eliot ! J'ai dit hier soir à votre mère que j'étais absolument désolée.

— Beaucoup de bruit pour rien ! Mais nous avons l'habitude de ces petites explosions. Je regrette surtout que vous y ayez été mêlée.

La dernière bouchée avalée, nous sommes montés en voiture, Rufus installé à l'arrière. J'éprouvais un merveilleux sentiment de liberté en m'éloignant de Boscarva, sur la route humide qui reflétait le bleu du ciel. L'air sentait les primevères, et, en haut des côtes, nous apercevions la lande devant nous, à perte de vue. Il y avait des collines surmontées de cairns et de pierres levées ; de petits villages isolés dans de profondes vallées où serpentaient des rivières ; et des bouquets de chênes et d'ormes à côté d'étroits ponts en dos d'âne.

Mais je me savais incapable de profiter de ma journée tant que je n'aurais pas fait la paix avec Eliot.

— Même si ce n'est pas important, j'aimerais discuter avec vous de ce qui s'est passé hier soir, ai-je dit enfin.

Il m'a souri en me regardant de côté.

— Alors, je vous écoute.

— Grenville a parlé d'un autre héritier... Il n'en pensait pas un mot, je vous assure !

— C'est possible. Il cherchait peut-être uniquement à nous dresser l'un contre l'autre, comme deux chiens en colère.

— Il n'a pas la moindre intention, croyez-moi, de me léguer Boscarva. Je ne suis qu'une étrangère qui vient de faire irruption dans sa vie !

— N'y pensons plus, Rebecca !

— Et, puisque la maison doit vous appartenir un jour, je pense que vous avez bien le droit de penser à votre avenir.

— Vous faites allusion à Ernest Padlow ? Les

vieilles gens adorent vraiment les cancans. Quand ce n'est pas le directeur de la banque, c'est le tour de Mrs. Thomas ou de Pettifer !

— Avez-vous l'intention de vendre des terres ? demandai-je incidemment.

— Si je vends des terres, j'aurai les moyens de vivre à Boscarva. Il est temps que je m'installe !

— Mais... (Je pris le temps de choisir mes mots.) Les maisonnettes de Mr. Padlow ne risquent-elles pas d'abîmer le paysage ?

Eliot partit d'un grand rire.

— Non, pas du tout ! Rien à voir avec les lotissements que vous avez remarqués en haut de la colline... Il s'agirait d'un projet de haut niveau, des parcelles d'un hectare, des normes très strictes en ce qui concerne la construction. Pas d'arbres à abattre, pas d'atteinte à l'environnement. Des maisons coûteuses, pour des gens chics, et en petit nombre. Qu'en dites-vous ?

— En avez-vous parlé à Grenville ?

— Il n'a pas voulu m'entendre ; ça ne l'intéresse pas, un point c'est tout.

— Si vous lui expliquiez...

— Toute ma vie, j'ai essayé de discuter avec lui, mais il n'y a pas moyen. Et maintenant, avons-nous fait le tour du problème ?

— Oui, répondis-je, car je n'avais nullement l'intention de parler de Joss.

— Dans ce cas, oublions cette triste soirée et prenons du bon temps.

— L'idée me paraît excellente.

Nous nous sommes regardés en souriant. La route traversait un pont, puis s'engageait sur une route abrupte. D'un geste adroit, Eliot rétrograda avec son changement de vitesse démodé, et la voiture partit à l'assaut de la côte, son capot aérodynamique pointé droit vers le ciel.

Vers 10 heures, lorsque nous arrivâmes à Falmouth, Eliot partit à son rendez-vous en me laissant le loisir d'explorer la petite ville. Orientée vers le sud et à l'abri du vent du nord, avec ses jardins fleuris de camélias et ses buissons de laurier odorant, elle me rappelait les ports de la Méditerranée. Cette illusion était accentuée par le bleu de la mer, par les premières chaleurs du printemps, et par les mâts des yachts qui avaient jeté l'ancre dans la rade.

L'envie me vint de faire quelques achats. Pour Mollie un bouquet de freesias à peine éclos et enveloppés de mousse humide pour qu'ils ne se fanent pas avant notre retour ; une boîte de cigares pour Grenville, une bouteille de sherry pour Pettifer, et un disque pour Andrea. La pochette représentait un groupe de travestis, aux paupières pailletées. Mais qu'offrir à Eliot ? Son bracelet-montre m'avait paru usé ; un étroit bracelet de crocodile noir, très coûteux, fit l'affaire. Quant à moi, j'avais besoin d'un tube de dentifrice. Et pour Joss ? Rien pour Joss...

Eliot m'avait donné rendez-vous dans le salon du grand hôtel, au centre de la ville. Après avoir quitté Falmouth à vive allure et traversé Truro, nous avons parcouru un véritable labyrinthe de petites routes boisées, jusqu'à Saint Endon — un village avec des villas blanches, des palmiers et des jardins fleuris. La route serpentait jusqu'à la mer, et je vis soudain surgir une petite auberge construite au bord de l'eau. Les vagues venaient se briser sur le mur de soutènement de la terrasse, parmi des nuées de mouettes au regard presque amical — comparé au regard avide des mouettes de Boscarva.

Nous avons bu un verre de sherry au soleil, et Eliot, apparemment ravi, a détaché son ancien bracelet, puis ajusté le nouveau en fixant les petites attaches métalliques avec la lame de son canif.

— Comment avez-vous eu cette idée ? m'a-t-il demandé.

— Votre ancien bracelet était usé et j'ai pensé que vous risquiez de perdre votre montre.

Installé confortablement dans son fauteuil, il a posé son regard sur moi. La chaleur devenait étouffante ; j'ai enlevé mon sweater et remonté les manches de mon chemisier de coton.

— Avez-vous acheté des cadeaux pour tout le monde, Rebecca ?

— Oui, répondis-je, embarrassée.

— J'ai vu que vous avez une quantité de paquets. Offrez-vous souvent des cadeaux ?

— J'aime beaucoup faire des présents.

— Vous n'avez personne à Londres à qui vous aimeriez en offrir ?

— Non. Il n'y a jamais eu personne.

— Je ne vous crois pas !

— C'est pourtant vrai.

Pourquoi m'étais-je laissée aller à ces confidences inhabituelles ? A cause de la surprenante douceur de cette journée ; à cause du sherry ; ou simplement parce que les orages familiaux que nous avions affrontés la veille avaient tissé des liens entre nous ? Peu importait la raison : je trouvais facile, ce jour-là, de parler à Eliot.

— Mais pourquoi ? m'a-t-il demandé.

— Je ne sais pas. C'est peut-être à cause de mon enfance... Ma mère ne vivait jamais très longtemps avec le même homme, et j'ai pu voir à la loupe les illusions de l'amour...

Nous avons ri de bon cœur tous les deux.

— Cette lucidité a du bon ; mais si vous vous repliez sur vous-même, personne n'osera plus vous approcher.

— Tout va bien pour moi.

— Vous allez repartir à Londres ?

— Oui, bientôt.

— Vous pourriez rester quelque temps avec nous...

— Je ne veux pas abuser de votre hospitalité.

— Il n'en est pas question ! Nous avons à peine eu le temps de nous parler. D'ailleurs je me demande comment vous pourriez renoncer à tout cela. (D'un geste, il embrassait le ciel, le soleil, le clapotis de l'eau dans le silence, et les premiers signes du printemps.)

— Il le faut ! J'ai un travail à Londres, un appartement à repeindre, et une vie qui doit reprendre son cours.

— Tout cela peut attendre.

— Pas éternellement.

— Rien ne vous oblige à partir. A moins que l'explosion d'hier soir ne vous ait rebutée.

Je lui souris en hochant la tête, car nous avions promis de ne plus en parler. Il s'accouda à la table, le menton reposant sur son poing.

— Vous pourriez trouver un travail ici, si vous voulez. Et vous louer un appartement...

Son insistance me flattait.

— Pourquoi devrais-je rester ?

— Parce que ça ferait du bien à Grenville, à Mollie, et à moi aussi. Nous aimerions tous vous garder avec nous. Moi, surtout !

— Oh, Eliot...

— C'est vrai. Il y a en vous une grande sérénité... Elle m'a frappé dès le premier soir où nous nous sommes rencontrés — avant même de savoir qui vous étiez. Et j'aime la forme de votre nez, le son de votre rire, vos allures bohèmes quand vous êtes en jean, avec vos cheveux décoiffés, et vos airs de princesse quand vous avez votre tresse sur l'épaule et cette robe majestueuse que vous portez le soir. J'ai l'impression de faire chaque jour des découvertes à votre sujet. Voilà pourquoi je n'ai pas envie que vous partiez. Pas tout de suite.

Cette longue tirade me laissa sans voix, à la fois émue et embarrassée. Mais il est toujours agréable de se sentir appréciée, et plus encore de se l'entendre dire.

Eliot me regarda en riant.

— Votre visage est tout un poème ! Vous baissez les yeux et vous rougissez. Allons, finissez votre verre et nous irons déguster des huîtres. Je vous promets de ne plus vous faire de compliments.

Nous avons déjeuné sans nous presser dans la petite salle à manger, basse de plafond. Notre table oscillait à tel point sur le sol irrégulier qu'Eliot dut la caler avec une feuille de papier pliée. Après les huîtres, nous avons commandé un steak et une salade, le tout accompagné d'une bouteille de vin. Comme nous prenions notre café au soleil, assis au bord de la terrasse, nous avons vu deux garçons bronzés, aux jambes nues, hisser la voile d'un dinghy pour aller naviguer dans les eaux bleues de la crique. Une brise mystérieuse, à peine perceptible, s'est engouffrée dans la voile à rayures, qui s'éloignait en contournant une jetée de bois.

Si je restais en Cornouailles, me dit Eliot, il emprunterait un bateau pour m'apprendre la voile. Nous pourrions aller à la pêche depuis Porthkerris et, en été, il me montrerait toutes les petites criques et des coins secrets qu'ignorent les touristes.

Quand vint l'heure du départ, l'après-midi s'était déroulé comme un long ruban scintillant. Eliot m'amena à High Cross, somnolente et rassasiée, par le chemin des écoliers — à travers de petits villages perdus en rase campagne.

High Cross était à l'extrémité d'une péninsule, de sorte que le village avait un côté nord sur l'Atlantique et un côté sud sur la Manche. On aurait pu se croire en pleine mer, dans une île balayée par le vent. Le garage d'Eliot était un peu en retrait, avec une avant-cour pavée et bordée de bacs à fleurs donnant sur la grande rue. Derrière les vitrines de la salle d'exposition apparaissaient de superbes voitures rutilantes. Tout semblait impeccable et parfaitement entretenu. Deux questions me vinrent à l'esprit en traversant la cour : quelle somme avait investie Eliot dans cette affaire, et pourquoi avait-il choisi d'ouvrir ce luxueux garage dans un coin aussi reculé ?

Il tira l'une des portes de verre coulissantes. A l'intérieur de la salle d'exposition, mes pas me semblèrent étrangement silencieux sur le sol de caoutchouc soigneusement ciré.

— Pourquoi vous êtes-vous installé ici plutôt qu'à Fourbourne, Falmouth ou Penzance ? lui demandai-je.

— De la vente psychologique, ma chère. Il suffit de se faire un nom, et les gens viennent du bout du monde vous acheter ce que vous avez à leur offrir ! D'ailleurs, reprit-il avec une candeur désarmante, ce terrain m'appartenait déjà — ou plutôt à ma mère. Ce qui était une excellente raison pour construire mon garage ici.

— Toutes ces voitures sont en vente ?

— Oui. Comme vous voyez, nous nous spécialisons dans les voitures continentales et les modèles de sport. Nous avions une Ferrari la semaine dernière ; elle est vendue depuis deux jours. Une voiture accidentée, mais mon jeune mécanicien fait des merveilles. Il l'a remise en état, et elle était comme neuve...

La main posée sur un capot d'un jaune éblouissant, je l'ai questionné à nouveau.

— De quelle marque s'agit-il ?

— C'est une Lancia Zagato. Et voici une Alfa Romeo Spyder ; elle n'a que deux ans. Une beauté !

— Et une Jensen Interceptor... (J'avais reconnu la marque par moi-même.)

— Venez voir l'atelier.

Une autre porte coulissante — à l'arrière de la salle d'exposition — ouvrait sur une pièce qui ressemblait beaucoup plus à un garage : il y avait là un fouillis de moteurs démontés, de bidons d'essence, de tuyaux pendant du plafond, d'ampoules, d'outils, de pneus usagés et de chariots roulants.

Au milieu de la pièce, une silhouette se penchait sur le moteur mis à nu d'une voiture squelettique. A l'abri d'un masque de soudure, qui lui donnait un air monstrueux, l'inconnu travaillait à la lueur bleuâtre d'un chalumeau. Le ronronnement de son outil était recouvert par le beuglement assourdissant d'un minuscule transistor, posé sur une poutre au-dessus de lui.

Je n'aurais su dire s'il nous avait entendus entrer, car il attendit pour arrêter son chalumeau qu'Eliot ait éteint son transistor. Il se releva alors, en retirant son masque, et j'aperçus un visage maculé d'essence, à la barbe mal rasée, dans lequel brillait un regard aigu.

— Salut, Morris, dit Eliot.

— Salut.

— Je te présente Rebecca Bayliss, qui habite à Boscarva.

Morris prit une cigarette et se tourna vers moi en faisant un signe de tête. J'ai grommelé « bonjour » pour être aimable, mais sans obtenir de réponse. Après avoir allumé sa cigarette, il remit son briquet fantaisie dans la poche de son bleu de travail graisseux.

— Je pensais te voir ce matin, Eliot.

— Tu sais bien que je suis allé à Falmouth !

— Ça valait la peine ?

— Une Bentley 1933.

— Dans quel état ?

— Bon, dans l'ensemble, mais un peu rouillée.

— Il lui faudra une bonne couche de peinture ! J'ai vu un type, l'autre jour, qui en voulait une.

— J'ai décidé de l'acheter : nous irons la chercher demain ou après-demain avec le camion.

Quand leur conversation fut terminée, Morris remit son transistor en marche, plus fort que jamais. Intriguée par le tas de ferraille sur lequel il se penchait, je finis par demander à Eliot de quelle marque de voiture il s'agissait.

— D'une Jaguar 1971, XJ6, 4,2 litres, si vous tenez vraiment à le savoir. Une voiture accidentée, à laquelle Morris va redonner figure humaine.

Ce dernier vint se planter entre nous.

— Quel traitement allez-vous lui faire subir ?

— Je redresse le châssis et je rectifie la direction.

— Et les mâchoires de frein ? demanda Eliot.

— Inutile de les changer ! Je répare les anciennes pour que nous soyons couverts par l'assurance... Mr. Kemback a appelé de Birmingham.

Assourdie par une musique de rock, je les ai laissés à

leurs affaires et j'ai retraversé la salle d'exposition et l'avant-cour. Rufus attendait avec dignité derrière le volant ; je me suis installée sagement à côté de lui.

Au bout d'un moment, Eliot nous a rejoints.

— Désolée, Rebecca, j'avais une question à régler. Morris est un excellent mécanicien, mais il a horreur de répondre au téléphone lorsqu'il travaille.

— Qui est ce Mr. Kemback ? Un autre client ?

— Non, pas exactement. Il a passé ses vacances ici, l'été dernier. Il dirige un motel et un garage tout près de la M6. Comme il possède un choix intéressant d'anciennes voitures, il veut ouvrir un musée — une sorte d'attraction qui complétera les œufs au bacon. Et il propose de m'en confier la direction.

— Vous iriez vivre à Birmingham ?

— Il y a mieux, n'est-ce pas ! Et maintenant, si nous allions voir la maison de ma mère ?

Un peu plus bas dans la même rue, nous avons pris une allée menant à un double portail blanc. Le chemin se poursuivait jusqu'à une maison longue et basse, formée de deux anciens cottages aux murs épais. Eliot sortit une clef de sa poche et ouvrit la porte.

A l'intérieur, la maison me parut froide, mais elle ne sentait pas l'humidité. Elle était décorée comme un riche appartement londonien, avec d'épaisses moquettes, des murs de couleur claire, et des canapés recouverts d'un brocart beige rosé. Il y avait une quantité de miroirs et de petits lustres de cristal suspendus aux poutres du plafond.

Un nid douillet, exactement tel que je l'avais imaginé, mais avec une note qui sonnait faux. Une cuisine comme on en voit dans les magazines de décoration, une salle à manger aux meubles d'acajou étincelants ; au premier étage, quatre chambres et trois salles de bains, une lingerie et une armoire à linge monumentale, fleurant bon le savon.

A l'arrière de la maison, un petit patio ouvrait sur un jardin en longueur, descendant en pente douce jusqu'à une lointaine haie. J'imaginais Mollie recevant ses amis dans le patio au sol dallé, parmi les meubles de rotin, et leur servant des martinis sur une coûteuse table roulante en verre.

— Une maison parfaite ! ai-je murmuré.

J'étais sincère, mais j'avais une préférence pour Boscarva, une maison... moins parfaite !

Nous étions debout, face à face, dans ce salon excessivement élégant. Notre escapade d'un jour se terminait... Eliot souhaitait peut-être retarder l'échéance, car il a proposé de mettre la bouilloire sur le feu et de nous préparer une tasse de thé.

Mais il n'y avait pas de lait dans le réfrigérateur et je me sentais fatiguée. Comme je ne parvenais pas à réprimer un bâillement spectaculaire, il a posé ses deux mains sur mes épaules en riant.

— Avez-vous déjà sommeil ?

— Trop de grand air, et... trop de vin.

J'ai levé les yeux et mon visage s'est trouvé tout près du sien. Ses doigts se sont resserrés sur mes épaules. Il ne riait plus... Ses yeux, dans leurs profondes orbites, avaient une expression d'une douceur que je ne leur connaissais pas.

J'ai chuchoté :

— Merci pour cette merveilleuse journée...

Je n'ai pas pu en dire plus, car il m'a fait taire d'un baiser sur la bouche, qui m'a clouée sur place pendant un long moment.

Quand j'ai repris mes esprits, au bord des larmes, je tenais à peine sur mes jambes. Il m'a serrée si fort contre lui, que j'ai senti battre son cœur comme un roulement de tambour, et, dans un souffle, je l'ai entendu murmurer :

— Ne nous quitte plus, Rebecca. Plus jamais !

9

J'avais été bien inspirée de faire quelques emplettes à Falmouth : mes menus cadeaux nous procurèrent une diversion indispensable après la pénible soirée que nous avions passée la veille. Ravie par les freesias, Mollie m'expliqua qu'elle ne pouvait en cultiver à Boscarva à cause de l'exposition du jardin. Après les avoir disposés avec art dans un vase, elle leur donna la place d'honneur sur la cheminée du salon. Leur senteur suave et romantique embaumait l'air, et leurs teintes crème, violette et rose vif attiraient tout naturellement l'attention sur le portrait de Sonia. Ce bouquet s'harmonisait à merveille avec sa peau nacrée et la blancheur de sa robe.

— Magnifique ! s'exclama Mollie en reculant d'un pas. (Mais je n'aurais su dire si elle faisait allusion au bouquet ou au portrait.) Vous avez eu une idée de génie. Et cette promenade ? Si Eliot vous a fait visiter ma maison, vous comprenez certainement pourquoi je me sens si mal ici, dans cette baraque. Vous savez, j'ai l'impression que le grand air vous réussit, reprit-elle en m'observant avec attention. Le soleil vous a donné des couleurs.

Pettifer accepta sa bouteille de sherry sans se départir de sa dignité, mais avec une satisfaction évidente. Grenville éprouva un malin plaisir à la vue des cigares : le médecin lui ayant déconseillé de fumer, Pettifer lui distribuait au compte-gouttes sa ration quotidienne qu'il tenait soigneusement cachée. Après avoir allumé un cigare et en avoir tiré une bouffée avec une délectation évidente, il s'étira dans son fauteuil comme le plus heureux des hommes.

Même pour Andrea, j'avais visé juste.

— *The Creepers* ! s'écria-t-elle. Justement, mon groupe favori. Ils sont géniaux... Dommage qu'il n'y ait même pas de tourne-disque ici ! (Elle cherchait du coin de l'œil le prix inscrit sur l'étiquette.) Ça a dû te coûter les yeux de la tête.

On aurait dit que, grâce à mes cadeaux, nous avions conclu une trêve momentanée. Il ne fut plus question ni du bureau disparu, ni de Joss, ni d'Ernest Padlow, ni de la vente éventuelle de Boscarva. Après le dîner, Eliot prépara une table, et Mollie apporta la boîte en bois de rose contenant le jeu de mah-jong. Andrea consentit à s'asseoir à côté de sa tante pour apprendre les règles du jeu, et la partie se poursuivit jusqu'à la fin de la soirée.

Un étranger, arrivé à l'improviste, aurait été charmé par l'émouvant tableau de famille que nous formions tous ensemble, à la lumière de la lampe : l'artiste d'un âge canonique, au milieu de sa famille — sa charmante belle-fille, son séduisant petit-fils ; et la jeune Andrea, dont les subtilités du jeu avaient pour une fois éveillé la curiosité.

Lorsque j'étais enfant, ma mère me demandait souvent de faire la quatrième quand elle jouait avec des amis. Je me sentais émue en retrouvant le contact de l'ivoire et des pions de bambou, leur beauté, et leur cliquetis harmonieux (comme celui des galets remués par la marée) lorsque nous les déplacions au milieu de la table.

Au début de chaque tour, nous formions quatre piles. Puis nous les regroupions en carré « pour tenir les mauvais esprits à distance », selon l'expression de Grenville. Il avait appris à jouer lorsqu'il n'était qu'un jeune sous-lieutenant, à Hong Kong, et il connaissait toutes les superstitions liées à ce jeu traditionnel. Je me dis tout à coup que la vie serait facile et paisible si l'on pouvait ainsi reléguer aux oubliettes les doutes, les fantômes du passé et tous les « squelettes cachés dans les placards ».

Les brochures touristiques et les affiches montraient toujours Porthkerris avec une mer bleue et un ciel sans nuage, ses maisons blanches étincelant au soleil, et un palmier, dans le lointain, comme dans un paysage méditerranéen. On s'imaginait dégustant de succulentes langoustes en plein air, parmi des artistes barbus à la blouse tachée de peinture fraîche, tandis que des pêcheurs aux allures de pirates discutaient, la pipe au bec, de leur dernier coup de filet.

Mais Porthkerris, en hiver, quand les vents soufflaient du nord-est, n'avait aucun rapport avec cette vision paradisiaque.

La mer, le ciel, tout était gris... Des rafales s'engouffraient dans le dédale de ses rues étroites. A marée haute, les vagues venues se briser sur la digue éclaboussaient la route, embuaient de sel les fenêtres des maisons et remplissaient les caniveaux d'une écume jaune, comme une mousse de savon crasseuse.

La ville semblait en état de siège. Les commerçants, emmitouflés, encapuchonnés, et le col remonté jusqu'aux oreilles, se protégeaient du froid sous plusieurs épaisseurs de vêtements ; si bien qu'hommes et femmes, avec leurs bottes en caoutchouc et leur silhouette informe, finissaient par sembler tous du même sexe.

Le ciel avait la couleur du vent, et l'air était empli de feuilles mortes, de brindilles, de lambeaux de papier et même de tuiles arrachées aux toits. Dans les magasins, les gens oubliaient ce qu'ils étaient venus acheter, et on ne parlait plus que du temps, du vent, et des ravages qu'allait causer la tempête.

Mollie m'avait envoyée à nouveau faire quelques courses. Je descendais la colline, chaussée de bottes en caoutchouc et revêtue d'un imperméable qu'elle m'avait prêtés, car je me sentais plus à l'aise à pied qu'au volant de sa petite voiture. J'étais maintenant capable de m'orienter en ville sans l'aide d'Andrea. D'ailleurs elle était encore au lit, et, par un temps pareil, elle n'avait sans doute pas tort... J'avais peine à croire que, la veille, je m'étais dorée, bras nus, sous un soleil de printemps.

La galerie de peinture était, paraît-il, dans une vieille chapelle baptiste, quelque part au nord de la ville. Je comptais m'aventurer dans cette direction, mais j'aperçus sur la route du port — balayée par les embruns — une vieille maison de pêcheur, transformée en bureau d'information pour les touristes. Il me sembla plus sage de demander mon chemin, histoire d'économiser et mon temps et mon énergie !

A l'intérieur, une jeune fille au visage blême grelottait, blottie contre le radiateur. On aurait dit la dernière rescapée d'une expédition au pôle Nord. En me voyant entrer, elle resta clouée sur sa chaise. Puis elle me dévisagea derrière ses lunettes disgracieuses, et je l'entendis marmonner un « Oui ? » indistinct.

— Je cherche la galerie de peinture, lui répondis-je avec l'air le plus compatissant possible.

— Laquelle ?

— Il y en a plusieurs ?

La porte s'ouvrit puis se referma derrière moi, et une troisième personne nous rejoignit. La jeune fille regarda par-dessus mon épaule et une lueur d'intérêt brilla derrière ses verres épais.

— Nous avons la galerie municipale et celle des peintres contemporains, reprit-elle d'un ton plus engageant.

— Je ne sais pas laquelle choisir.

Une voix s'éleva derrière moi :

— Je peux peut-être vous aider.

En me retournant, j'aperçus Joss, les mains dans les poches de son ciré noir ruisselant d'eau, et un chapeau de pêcheur enfoncé sur la tête. Il avait le visage trempé de pluie, mais un sourire éclairait ses yeux noirs. Je comprenais maintenant pourquoi la jeune fille apathique, derrière le comptoir, avait soudain repris goût à la vie ; en même temps, j'étais irritée par cette étrange manie de surgir comme un diable de sa boîte.

Me souvenant des confidences d'Andrea et de la disparition de mes deux meubles, j'ai murmuré froidement :

— Salut, Joss.

— Je vous ai vue entrer. Où voulez-vous aller ?

— Elle cherche la galerie de peinture.

— Je voudrais voir des œuvres de Grenville, précisai-je en réponse au regard interrogateur de Joss.

— Trois d'entre elles sont exposées, en effet. Je vous y emmène...

— Ne vous donnez pas cette peine ! Je voudrais simplement connaître le chemin.

— Je serais ravi de vous y conduire.

Il prit le lourd panier que j'avais à mon bras, sourit à la jeune fille et alla ouvrir la porte. On entendit le vent mugir, et une rafale chargée d'écume s'engouffra dans la pièce, faisant voler sur le plancher une liasse de papiers posés sur le comptoir. Je sortis aussitôt, pour limiter les dégâts, puis la porte claqua à grand bruit derrière nous. Tout naturellement, Joss me prit par le bras et m'entraîna sur la route pavée. Il engagea la conversation d'un ton alerte, malgré la force du vent qui tordait sa bouche et entravait mes pas.

— Que venez-vous faire en ville un jour comme celui-ci ?

— Des courses pour Mollie.

— Vous auriez pu emprunter la voiture.

— Avec cette tempête, je ne sais pas si elle aurait tenu la route.

— J'adore ce temps. (Sous le vent et la pluie, il rayonnait de vitalité.) Votre journée d'hier s'est-elle bien passée ?

— Comment êtes-vous au courant ?

— Je suis monté à Boscarva et Andrea m'a appris que vous alliez à Falmouth avec Eliot. Ici, vous ne pourrez avoir de secrets pour personne ! Si Andrea ne m'avait rien dit, Pettifer s'en serait chargé. Ou peut-être Mrs. Thomas, Mrs. Kernow, ou la jolie demoiselle du bureau d'information. C'est un des plaisirs de la vie à Porthkerris : tout le monde est au courant de tout !

— Je commence à m'en apercevoir.

Après avoir tourné le dos au port, nous nous sommes engagés sur une rue à pic, au flanc de la colline. De chaque côté, toutes les fenêtres étaient closes. Une femme en tablier bleu et aux mains rougies par le froid, qui nettoyait à grande eau son escalier, a levé la tête. Lorsqu'elle nous a aperçus, elle a apostrophé Joss d'un : « Alors, mon mignon ! ».

Au bout de la rue s'étendait une petite place que je ne connaissais pas encore. L'un des côtés était occupé par une grande bâtisse ressemblant à une grange, avec des murs percés de hautes fenêtres en arcades. Sur un mur, un écriteau annonçait : GALERIE D'ART DE PORTHKERRIS. Joss a lâché mon bras et ouvert la porte d'une pression de l'épaule, puis il s'est effacé pour me laisser passer.

L'intérieur, désert et glacial, était parcouru de courants d'air ; les murs disparaissaient sous des tableaux de tous les styles et de toutes les tailles. Deux grandes sculptures abstraites émergeaient au milieu de la salle, comme des rochers à marée basse. Des piles de catalogues, de dépliants et d'exemplaires du magazine *Studio* s'étalaient sur une table, près de la porte. Malgré ses nombreux vitrages, la galerie me sembla imprégnée d'une atmosphère étrangement mélancolique.

Joss posa mon panier et secoua son chapeau ruisselant d'eau, comme un chien qui s'ébroue.

— Et maintenant, que voulez-vous ?

— Je voudrais voir Sophia.

Il m'a transpercée du regard, et il a détourné brusquement la tête, mais j'avais eu le temps d'entrevoir un sourire sur ses lèvres. Puis il a remis son chapeau, en le rabattant sur ses yeux.

— Qui vous a parlé de Sophia ?

— Mrs. Thomas, ou peut-être Mrs. Kernow. Ou peut-être la jolie demoiselle du bureau d'information.

— L'insolence ne vous mènera nulle part, ma chère enfant !

— Il y a *ici* un portrait de Sophia. Pettifer me l'a dit.

— Oui, je vais vous le montrer.

Nous avons traversé la salle déserte l'un derrière l'autre. Le bruit de nos pas résonnait étrangement.

— La voici, a murmuré Joss.

J'ai aussitôt levé les yeux. Elle était assise, à la lumière d'une lampe, un ouvrage de couture entre les mains.

Après avoir observé un moment sa silhouette gracieuse, j'ai laissé échapper un profond soupir. Joss, son chapeau toujours sur la tête, a posé sur moi un regard déconcerté.

— Pourquoi soupirez-vous ?

— Je ne sais toujours pas à quoi elle ressemblait. Pourquoi n'a-t-il jamais peint son visage ?

— Il l'a peint bien souvent !

— Eh bien, je ne l'ai jamais vu. Il représente toujours sa nuque, ou ses mains ; et parfois elle n'est qu'une tache de couleur sans visage, fondue dans l'ensemble du tableau.

— Pourquoi voulez-vous connaître son visage ?

— Par curiosité.

— Qui vous a parlé d'elle ?

— Ma mère, la première fois, et ensuite Pettifer. Son portrait, dans le salon de Boscarva, est si délicieux, si féminin... Elle m'a semblé merveilleuse ; mais, d'après Pettifer, elle avait beaucoup de charme, sans être vraiment belle. (J'ai regardé à nouveau le tableau : les mains et les cheveux de Sophia brillaient dans un halo de lumière.) Pettifer m'a dit qu'il y a des portraits d'elle dans plusieurs musées anglais. Je vais poursuivre mon chemin de ville en ville — de Manchester à Birmingham, Nottingham et Glasgow — jusqu'au moment où je saurai à quoi elle ressemble... de face.

— Et ensuite ?

— Rien. J'aurai la satisfaction de connaître enfin son visage.

Résignée à ne pas en savoir plus pour l'instant, je me suis dirigée vers la sortie. Mais Joss m'a devancée et il a empoigné, sans me demander mon avis, mon lourd panier qui m'attendait devant la porte.

— Il n'est que 11 h 30, a-t-il observé en consultant sa montre. C'est le moment ou jamais de visiter mon magasin ! Je vous offre un café, et ensuite je vous reconduis en voiture à Boscarva. Vous ne pouvez pas rentrer là-haut à pied avec un tel chargement !

— Pourquoi pas ?

— Allez, suivez-moi !

Je ne pouvais pas repartir sans mon panier, et il n'avait nullement l'intention de me le restituer. De mauvaise grâce, je l'ai donc suivi, les mains dans les poches pour l'empêcher de me prendre par le bras. A ma grande surprise, il n'a pas semblé se formaliser le moins du monde... Sur le port, le vent soufflait avec une telle violence que j'ai failli perdre l'équilibre. En souriant, il a retiré ma main de ma poche et il l'a prise dans la sienne, d'un geste protecteur et miséricordieux qui m'a désarmée.

C'est à peine si j'ai reconnu son magasin, au rez-de-chaussée d'une bâtisse étroite, entre deux maisons plus massives. Les vitrines avaient été nettoyées et leur encadrement peint d'une couleur vive. Au-dessus de la porte d'entrée, JOSS GARDNER était écrit en toutes lettres.

— Alors, qu'en dites-vous ?

Il rayonnait d'orgueil, et je dus admettre que j'étais réellement impressionnée.

Après avoir tourné sa clef dans la serrure, il m'a fait entrer. Des cartons d'emballage s'empilaient sur le sol, et des étagères de toutes tailles couraient le long des murs, du plancher jusqu'au plafond. Au milieu de la pièce, une sorte d'estrade en bois disparaissait sous un fouillis de verrerie et de porcelaine danoise, de plats aux couleurs éclatantes et de tapis indiens chamarrés. Les murs blancs, avec leur charpente apparente, et le sol gris, mettaient en valeur — par leur caractère dépouillé — les articles parfois clinquants que Joss offrait à sa clientèle. Au fond du magasin, une cage d'escalier ouverte montait aux étages supérieurs. Au-dessous, une porte entrebâillée donnait, semblait-il, sur une cave sombre.

— Qu'y a-t-il derrière cette porte ? ai-je demandé.

— Mon atelier. Il est dans un désordre effroyable, je vous le montrerai une autre fois.

Nous arrivions au premier étage, encombré d'une multitude de paniers, parmi lesquels il était quasiment impossible de poser le pied.

— Comme vous voyez, je n'ai pas fini de ranger, reprit-il. Vous êtes au rayon de la vannerie — paniers pour le bois, le linge, les commissions ; et même couffins pour bébés. Il y en a pour tous les goûts !

L'ensemble n'était guère spacieux. Cette étroite maison se composait en réalité d'un imposant escalier, donnant accès à des paliers successifs.

— Montons à l'étage au-dessus, si vos jambes vous portent encore. Nous arrivons dans les appartements privés du seigneur et maître !

J'aperçus une minuscule salle de bains dans un renfoncement, et, en suivant Joss pas à pas, je me souvins tout à coup de la description si évocatrice d'Andrea. L'appartement de Joss n'aurait sans doute aucun rapport avec ce qu'elle m'avait raconté et cela prouverait que toutes les allusions de cette gamine n'étaient que médisance. Du moins le souhaitais-je !

Comme dans un magazine de décoration, avec un divan, des tonnes de coussins et un feu de bois.

Eh bien, sa description était rigoureusement exacte ! En posant le pied sur la dernière marche, je dus renoncer à toutes mes illusions. Grâce au plafond mansardé et à la lumière entrant par une lucarne, il régnait dans cette pièce une atmosphère intime et secrète. J'aperçus une petite niche encastrée derrière une sorte de bar, un vieux tapis turc sur le sol, le divan poussé contre le mur. Il était drapé de rouge, et encombré de coussins.

Joss avait déjà posé mon panier et il mettait ses vêtements humides à sécher sur un portemanteau en rotin, aux formes désuètes.

— Prenez exemple sur moi avant de mourir de froid, me dit-il. Je vais faire du feu.

— Je ne peux pas rester, Joss...

— Laissez-moi le temps d'allumer ce feu ! Et, je vous en prie, installez-vous.

Ce que je fis ! Après avoir déboutonné mon manteau de mes doigts gelés, j'ai retiré mon bonnet mouillé et secoué ma tresse sur mon épaule. Pendant ce temps, Joss s'affairait devant la cheminée, nettoyant l'âtre, cassant des branches, mettant du papier en boule, et allumant le tout avec une longue bougie. Lorsque le feu commença à crépiter, il prit dans un panier quelques morceaux de bois flotté, imprégnés de goudron, et il les entassa autour des flammes, qui redonnèrent vie à l'ensemble de la pièce.

— Et maintenant, demanda-t-il en se relevant, que puis-je vous offrir ? Café, thé, chocolat ou cognac ?

— Un café, si vous voulez.

— Alors, deux cafés, deux !

Il se retira derrière le bar, puis il emplit la bouilloire et alluma le gaz. Tandis qu'il disposait les tasses sur un plateau, je me suis approchée de la fenêtre et, agenouillée sur un siège, j'ai regardé la tempête se déchaîner : les vagues venaient se briser sur la digue et le vent entraînait les embruns jusque dans la rue. Dans le port, les bateaux se balançaient comme des bouchons sur la mer démontée ; d'énormes mouettes planaient en hurlant autour des têtes de mât.

Absorbé par la préparation du café, Joss allait et venait derrière le bar avec les gestes sobres et mesurés d'un yachtman. Son application lui donnait un air totalement inoffensif, mais j'étais déconcertée par l'apparente exactitude des révélations d'Andrea.

Je connaissais Joss depuis peu, et pourtant j'avais déjà eu l'occasion de le voir sous des jours très différents. Selon les circonstances, il lui arrivait de se montrer charmant, obstiné, coléreux ou même franchement grossier. Je pouvais l'imaginer aussi en amoureux passionné, mais l'idée de mêler Andrea à de telles évocations m'était insupportable !

Il leva soudain les yeux. Avait-il surpris mon regard et deviné mes pensées ? Pour faire diversion, j'ai balbutié :

— Par beau temps, vous devez avoir une vue splendide.

— Jusqu'au phare !

— Il y a sûrement un monde fou, en été.

— On se croirait à la station Piccadilly aux heures d'affluence. Mais ça ne dure que deux mois.

Il s'approcha avec un plateau chargé de deux tasses fumantes, d'un sucrier et d'un pot à lait. Le café sentait délicieusement bon. Du bout du pied, il déplaça un banc, sur lequel il posa son plateau, puis il s'assit à l'autre extrémité. Ainsi, nous nous faisions face.

— Parlez-moi encore de la journée d'hier. Où êtes-vous allée, en dehors de Falmouth ?

— A Saint Endon, dans une petite auberge au bord de l'eau.

— J'en ai entendu parler, mais je n'y suis jamais allé, observa Joss. Avez-vous bien déjeuné ?

— Oui. Et il faisait si chaud que nous nous sommes assis dehors, au soleil.

— La Côte d'Azur, en somme. Et après ?

— Rien de spécial. Nous sommes rentrés à la maison.

Il me tendit une tasse et une soucoupe.

— Eliot vous a emmenée à High Cross ?

— Oui.

— Avez-vous vu le garage ?

— Le garage et la maison de Mollie.

— Qu'avez-vous pensé de toutes ces voitures élégantes et sexy ?

— Justement, qu'elles étaient élégantes et sexy !

— Avez-vous vu les employés d'Eliot ?

Il prenait un ton si désinvolte que je devins méfiante.

— Qui, par exemple ?

— Morris Tatcombe ?

— Joss, c'est un véritable interrogatoire !

— Je vous promets que non ; mais je me demandais si Morris travaille pour Eliot.

— Que savez-vous de Morris ?

— C'est un sale type.

— En tout cas, un bon mécanicien.

— Oui, il a cette réputation. Mais, à part ça, c'est un garçon malhonnête et dangereux.

— Alors, pourquoi n'est-il pas en prison ?

— Il en sort !

Pour me donner une contenance, j'ai posé une dernière question :

— Comment savez-vous qu'il est dangereux ?

— L'autre jour il m'a cherché querelle dans un pub. Nous en sommes venus aux mains, et je lui ai flanqué mon poing dans la figure. J'ai bien fait de le frapper le premier, car il avait un couteau.

— Je n'y peux rien !

— Absolument rien. Je regrette d'avoir abordé ce sujet ! Mais j'ai entendu dire qu'Eliot l'a pris à son service, et j'espérais que vous alliez me détromper.

— Vous n'aimez pas Eliot, n'est-ce pas ?

— Je n'ai aucune opinion à son sujet ; il m'est indifférent, malgré ses mauvaises fréquentations...

— Vous voulez parler d'Ernest Padlow ?

Après un temps d'hésitation, Joss me jeta un regard admiratif.

— On peut dire que vous ne perdez pas de temps ! Vous êtes déjà au courant de tout.

— C'est parce que je l'ai vu avec Eliot le soir de mon arrivée, quand vous m'avez invitée à dîner à *L'Ancre de marine.*

— Oui, c'est juste. Encore un triste sire ! Si Ernest a le dernier mot, tout Porthkerris sera rasé et transformé en parkings. Pas une ancienne maison ne restera debout, et nous serons tous parqués au sommet de la colline, dans ses clapiers ridicules qui vont prendre l'eau et se fissurer d'ici dix ans.

Laissant sa tirade sans réponse, je bus mon café en regrettant d'être mêlée à ces impitoyables vendettas qui ne me concernaient en rien. Toutes ces allusions, destinées à ruiner la réputation de l'un ou de l'autre, finissaient par me lasser.

— Je dois partir, ai-je murmuré en reposant ma tasse.

— Désolé, Rebecca, répliqua Joss au prix d'un effort évident.

— Pourquoi êtes-vous désolé ?

— J'aurais dû garder mon sang-froid.

— En effet, nous sommes cousins, Eliot et moi...

— Mille pardons. (Il baissa les yeux en tournant sa tasse dans sa main.) Malgré moi, je finis par m'intéresser à l'avenir de Boscarva.

— Épargnez-moi votre animosité !

Nos regards se croisèrent.

— Je n'avais aucune animosité contre vous.

— Je sais. Et maintenant, je dois partir, ai-je répété.

— Je vous reconduis.

— Ce n'est pas la peine...

Sans tenir compte de mes protestations, il m'a tendu mon manteau et m'a aidée à l'enfiler. J'ai enfoncé mon bonnet encore mouillé sur mes oreilles et soulevé mon panier.

Nous étions dans l'escalier quand la sonnerie du téléphone a retenti. Joss, déjà revêtu de son ciré, est allé répondre. « Ça ne sera pas long ! » m'a-t-il lancé avant de décrocher.

Je suis descendue au rez-de-chaussée. Dehors, il pleuvait toujours. Dans les hauteurs, j'entendais la voix de Joss, en pleine conversation.

Comme l'attente se prolongeait, je finis par céder à ma curiosité ; après avoir poussé la porte de l'atelier et allumé l'électricité, j'ai descendu les quatre marches de pierre.

Sur un fouillis de meubles, de ferraille, de copeaux et d'outils flottait une odeur de colle, de bois et de cire. Il y avait aussi un tas de vieux meubles, si poussiéreux et branlants qu'il était impossible de se prononcer sur leur valeur éventuelle. Une commode, qui avait perdu toutes ses poignées, voisinait avec une table de nuit branlante.

Soudain, je les ai aperçus dans l'ombre, tout au fond de l'atelier : un bureau *davenport*, apparemment en parfait état, et une chaise Chippendale, au siège recouvert d'une tapisserie fleurie.

Étourdie comme si j'avais reçu un coup de poing dans l'estomac, j'ai immédiatement tourné le dos à ce spectacle et refermé la porte derrière moi. Puis j'ai traversé le magasin en courant et foncé dans la tourmente.

Mon atelier est dans un désordre effroyable. Je vous le montrerai une autre fois.

Après quelques pas, j'ai réalisé que je me dirigeais vers l'église, à travers un dédale de ruelles dans lequel il n'avait aucune chance de me retrouver. Je courais en montant toujours plus haut, encombrée de mon panier à provisions qui pesait des tonnes. Je sentais mon cœur battre à tout rompre et j'avais un goût de sang dans la bouche.

Eliot avait raison : Joss ne s'exposait pas à un bien grand risque en s'emparant de son butin. *Mon* bureau et *ma* chaise avaient été volés, mais c'est Grenville que Joss avait dépouillé. Une curieuse manière de remercier l'homme qui lui avait fait confiance et qui s'était montré si bon à son égard !

Il me sembla que je n'aurais pas hésité à tuer Joss s'il avait été devant moi. Plus jamais je ne lui parlerais, plus jamais je ne l'autoriserais à m'approcher !

J'éprouvais une fureur dont je me croyais incapable jusque-là, et je me sentais en rage — vis-à-vis de lui, mais surtout vis-à-vis de moi qui était tombée sous son charme perfide. J'avais commis une erreur impardonnable !

J'ai continué à monter droit devant moi, dans une colère noire, et soudain j'ai fondu en larmes...

10

La montée jusqu'à Boscarva était longue et épuisante. Comme je n'avais pas la force de soutenir trop longtemps une pareille émotion, j'ai fini par me calmer à mesure que j'avançais dans la tempête. J'ai séché mes larmes du revers de la main, et je me suis sentie mieux... Dans toute situation, si dramatique soit-elle, il y a presque toujours une possibilité de surmonter l'obstacle. Un bon moment avant d'arriver à Boscarva, ma décision était prise : j'allais rentrer à Londres.

Après avoir déposé le panier à provisions sur la table de la cuisine, je suis montée dans ma chambre. J'ai retiré mes vêtements trempés et changé de chaussures, puis je me suis lavé les mains et j'ai refait soigneusement ma tresse.

L'heure était venue d'affronter Grenville : il était dans le salon, en train de lire les nouvelles du jour au coin du feu.

Au bruit de mes pas, il a levé les yeux de son journal.

— Bonjour, Rebecca.

— Bonjour, comment supportez-vous cette tempête matinale ? (J'avais le ton délibérément enjoué d'une aimable infirmière.)

— Je suis perclus de douleurs. Ce vent me démolit, même si je ne mets pas le nez dehors. Où étais-tu ?

— Je faisais des courses pour Mollie, à Porthkerris.

— Quelle heure est-il ?

— Midi et demi.

— Alors prenons un verre de sherry !

— En avez-vous la permission ?

— Au diable la permission ! Tu sais où est la bouteille.

Après avoir empli deux verres et déposé le sien à ses côtés, je me suis assise en face de lui sur un tabouret.

— Grenville, ai-je murmuré, je dois partir.

— Comment ?

— Je rentre à Londres. (En le voyant plisser ses yeux bleus et serrer la mâchoire, il me parut nécessaire d'utiliser Stephen Forbes comme alibi.) Je ne peux pas m'absenter éternellement. Il y a bientôt deux semaines que je suis en congé... Stephen Forbes, mon patron, s'est montré très généreux, mais je ne veux pas abuser de sa gentillesse. Nous sommes déjà vendredi ; je dois rentrer à Londres ce week-end et me remettre au travail lundi matin.

— Mais tu viens à peine d'arriver !

— Je suis ici depuis trois jours. « Au bout de trois jours le poisson et les invités commencent à sentir mauvais », dit le proverbe.

— Tu n'es pas une invitée, mais la fille de Lisa !

— J'ai des obligations comme tout le monde, et je tiens à garder mon emploi ! Maintenant que je connais le chemin de Boscarva, j'essayerai de revenir vous voir dès que j'aurai un peu de temps...

L'air maussade et soudain vieilli, il contempla un long moment le feu en silence, puis il murmura d'une voix lugubre :

— Je ne serai peut-être plus là.

— Bien sûr que si !

Il avala une gorgée de sherry, puis il reposa son verre en se tournant vers moi avec un soupir résigné.

— Quand souhaites-tu partir ?

— Demain soir, si possible. (Je me sentais soulagée, car il avait cédé plus vite que je ne pensais.) Je prendrai une couchette, et j'aurai tout le temps, dimanche, de me réinstaller dans mon appartement.

— Tu ne devrais pas vivre seule à Londres. Tu n'es pas faite pour la solitude. Il te faut un mari, une maison, des enfants. Si j'étais encore capable de tenir mes pinceaux, je te représenterais dans un pré ou dans un jardin, au milieu des boutons d'or et d'une nuée d'enfants.

— Ça arrivera peut-être un jour ; je vous tiendrai au courant.

Le visage bouleversé par le chagrin, il se retourna brusquement.

— J'aimerais tant que tu restes ici !

Malgré mon envie de rester, j'avais mille raisons de ne pas céder.

— Je vous promets de revenir, ai-je dit doucement avec un sourire rassurant.

Il a relevé la tête d'un air décidé et il s'est éclairci la voix.

— Je vais demander à Pettifer d'emballer tes bibelots de jade pour que tu les emportes avec toi. Et le miroir... Comment feras-tu dans le train ? En voiture, il n'y aurait pas de problème. As-tu une voiture ?

— Non, mais je m'en passe.

— Et ce *davenport*, je suppose qu'on ne l'a toujours pas...

— Je me moque de ce bureau !

J'avais interrompu Grenville avec une telle brusquerie qu'il me considéra d'un air incrédule, comme s'il ne s'attendait pas à mes mauvaises manières.

— Désolée, murmurai-je aussitôt ; je voulais dire que ça n'a vraiment aucune importance ! Je regrette d'avoir mis le feu aux poudres avec cette histoire. Par pitié, Grenville, n'en parlons plus !

Sous les feux de son regard, je finis par baisser les yeux.

— Tu me trouves injuste à l'égard d'Eliot ? lança-t-il enfin.

— Je pense que vous pourriez parler plus souvent avec lui. Vous ne lui adressez jamais la parole !

— Il aurait été différent si Roger n'avait pas été tué. La guerre a privé ce garçon d'un père.

— Vous pouviez lui tenir lieu de père...

— Mollie a toujours fait barrage entre nous. Eliot est un instable qui n'a jamais eu de suite dans les idées — jusqu'à ce qu'il ouvre ce garage, il y a trois ans.

— Ça a l'air de bien marcher...

— Des voitures d'occasion ! Il aurait dû s'engager dans la marine.

— En avait-il envie ?

— Pourquoi pas ? C'est sa mère qui l'a dissuadé. Elle voulait le garder dans ses jupons.

— Grenville, je vous trouve bien démodé et très injuste.

Il se rembrunit un court instant, puis il sourit, car une bonne querelle n'était pas pour lui déplaire.

— Je ne t'ai pas demandé ton avis !

— Eh bien, je vous le donne, que vous le vouliez ou non.

Riant malgré lui, il se pencha pour me pincer doucement la joue.

— Comme je regrette de ne plus être en état de peindre ! Souhaites-tu toujours emporter l'une de mes toiles à Londres ?

— Plus que jamais ! (J'étais ravie qu'il n'ait pas oublié sa promesse.)

— Demande la clef de mon atelier à Pettifer, de ma part, et va faire ton choix.

— Viendrez-vous avec moi ?

Une vague de mélancolie assombrit à nouveau son visage.

— Non, grommela-t-il en se détournant pour prendre son verre de sherry. Je ne souhaite pas t'accompagner.

Au déjeuner, il annonça la nouvelle à tout le monde. Andrea, furieuse de rester en pénitence alors que je rentrais à Londres, se mit à bouder ; mais les autres parurent sincèrement consternés.

— Devez-vous vraiment partir ? demanda Mollie.

— Oui, il le faut. Je dois me remettre au travail et mon absence ne peut pas s'éterniser.

— Nous sommes ravis de votre présence ici.

Elle pouvait se montrer charmante en dehors des moments où elle était excessivement possessive à l'égard d'Eliot, ou amère à propos de Grenville et de son séjour forcé à Boscarva. Plus que jamais, elle me faisait penser à un joli chaton faisant patte de velours, mais capable de sortir ses griffes à la première occasion.

Quant à Pettifer, il ne mâcha pas ses mots, tandis que je l'aidais à faire la vaisselle après le repas.

— Quelle idée de repartir juste au moment où le Commandant commence à s'habituer à vous ! Ça me dépasse littéralement. Je n'aurais pas cru ça possible...

— Je reviendrai ; j'ai promis de revenir.

— Il a quatre-vingts ans, et il ne vivra pas éternellement. Vous serez bien avancée quand vous reviendrez, si on vous apprend qu'il est à six pieds sous terre, en train de manger les pissenlits par la racine.

— Oh, Pettifer, ne dites pas ça !

— Ça ne sert à rien de protester.

— Je dois me remettre au travail, Pettifer.

— Mauvaise raison !

— Vous êtes injuste.

— Sa fille n'est pas venue le voir pendant des années, et quand vous vous décidez à apparaître, vous repartez au bout de trois jours. Ça ne se fait pas !

Je me sentais coupable, mais que pouvais-je lui répondre ? Nous avons fini la vaisselle en silence. Lorsque je l'ai vu passer un chiffon humide sur l'égouttoir, j'ai tenté de faire la paix avec lui.

— Je suis désolée, Pettifer, profondément désolée. Je vous assure que je ne pars pas de gaieté de cœur ! Et j'ai bien l'intention de revenir. Peut-être l'été prochain... Grenville sera toujours là, il fera chaud et nous pourrons nous promener. Vous nous emmènerez en voiture...

Pettifer posa son torchon sur le bord de l'évier et grommela d'un ton bourru :

— Le Commandant m'a demandé de vous confier la clef de l'atelier. Je me demande ce que vous allez y trouver. Un tas de poussière et d'araignées, je suppose.

— Il m'a dit que je pourrais choisir une de ses toiles.

Il séchait maintenant ses mains usées et noueuses.

— Je vais chercher la clef, elle est en lieu sûr. Pas question de la laisser traîner n'importe où. Il y a de si bonnes choses dans cet atelier !

— Quand vous voudrez, Pettifer ; mais, je vous en prie, cessez de m'en vouloir.

Il s'attendrit soudain.

— Je ne vous en veux pas, ma petite. Au fond, je ne suis qu'un vieil égoïste qui ne supporte pas de vous laisser partir...

Qu'était devenu l'inflexible Pettifer autour duquel tournait toute la maison ? J'avais devant moi un vieillard presque aussi âgé que mon grand-père et sans doute aussi solitaire. La gorge serrée, je faillis fondre en larmes, pour la deuxième fois de la journée, mais Pettifer ajouta :

— Et surtout n'allez pas prendre un de ses nus ! Ça ne serait pas convenable.

Je lui souris. Le moment critique était passé ; nous étions réconciliés.

L'après-midi, je me rendis à la gare en voiture — Mollie m'avait prêté la sienne — pour prendre mon billet de retour et retenir une couchette dans le train du lendemain soir. La tempête s'était un peu calmée, mais le vent soufflait toujours. Il avait fait des ravages : un peu partout ce n'était qu'arbres arrachés, serres pulvérisées, branches brisées et champs de bulbes précoces dévastés par la tempête.

A mon retour, Mollie, emmitouflée de la tête aux pieds (même Mollie renonçait à l'élégance un jour pareil), était devant la maison en train de mettre des tuteurs aux arbustes les plus fragiles. Elle s'interrompit et vint à ma rencontre en rabattant une mèche sous son foulard et en enlevant ses gants.

— Ça suffit, je n'en peux plus ! Ce vent est intolérable. Voyez dans quel état il a mis les daphnés. Et les camélias ont l'air calcinés. Si nous allions prendre une tasse de thé ?

Pendant qu'elle se changeait, j'ai mis la bouilloire à chauffer et posé deux tasses sur un plateau. Elle est revenue, à nouveau impeccable, avec son collier de perles et des boucles d'oreilles assorties.

— Où sont-ils tous ? ai-je demandé.

Elle me répondit en soupirant.

— Grenville somnole, et Andrea est montée dans sa chambre. Si seulement elle essayait de se distraire au lieu de bouder toute la journée dans son coin ! Je me fais du souci à son sujet : son séjour ici n'est pas la solution idéale. Je l'avais bien dit à ma pauvre sœur, qui se fait un sang d'encre... (Elle parcourut la cuisine du regard.) Nous pourrions prendre le thé ici, bien au chaud. Le salon est plein de courants d'air quand le vent souffle de la mer, et je ne vais tout de même pas tirer les rideaux à 4 heures de l'après-midi !

Son idée me sembla excellente. Elle sortit une nappe et mit la table, sans oublier les biscuits, le sucrier et un pot à lait en argent. Même lorsqu'il s'agissait de prendre le thé dans la cuisine, Mollie ne négligeait aucun détail ! Après quoi, elle avança deux chaises, et elle allait sortir la théière quand la porte s'ouvrit brusquement.

— Andrea ! Tu arrives juste à temps. Veux-tu prendre le thé avec nous ?

— Désolée, je n'ai pas le temps.

Cette politesse inhabituelle mit Mollie en alerte.

— As-tu l'intention de sortir ?

— Oui, je vais au cinéma.

Nous échangeâmes un regard ébahi, Mollie et moi, car Andrea avait une apparence méconnaissable. Les cheveux lavés et tirés en arrière, elle portait un tee-shirt propre, et, contrairement à ses habitudes, un soutien-gorge. Sa croix celtique, enfilée sur un lacet de cuir, pendait à son cou. Elle avait même repassé son jean noir et ciré ses chaussures. Son imperméable et un sac de cuir à franges sur le bras, elle semblait tout à fait présentable. Surtout, son air maussade et boudeur avait fait place à une expression réservée. Ou presque...

— Enfin, si tu es d'accord, tante Mollie.

— Oui, mais quel film comptes-tu voir ?

— *Mary of Scotland*, au Plaza.

— Tu y vas seule ?

— Joss m'accompagne. Il m'a téléphoné pendant que tu étais dans le jardin. Ensuite, il m'invite à dîner.

— Oh ! laissa échapper Mollie. Et comment y vas-tu ?

— A pied. Je suppose que Joss me raccompagnera en voiture.

— As-tu de l'argent ?

— Juste assez.

— Alors... passe une bonne soirée.

— J'y compte bien ! Bonsoir.

Elle nous quitta en souriant, et Mollie me regarda, perplexe.

— Je n'en reviens pas !

— Pourquoi ? m'étonnai-je, en concentrant toute mon attention sur ma tasse de thé.

— Andrea et... Joss. Il a toujours été très courtois à son égard. Mais, de là à sortir avec elle...

— Ça ne m'étonne pas. Elle a du charme quand elle fait un brin de toilette et qu'elle cesse de bouder. Je suppose qu'avec Joss elle est tout sourires.

— Je me demande si j'ai bien fait de la laisser sortir. J'ai des responsabilités...

— Franchement, je ne pense pas que vous auriez pu l'en empêcher. D'ailleurs elle a dix-sept ans. A cet âge, on n'est plus une enfant.

— C'est justement le problème avec Andrea.

— Tout ira bien.

Je n'en étais pas si sûre, mais je n'osais pas alarmer Mollie. Et d'ailleurs, cette affaire ne me concernait pas. Si Joss voulait passer sa soirée à batifoler au coin du feu avec une adolescente nymphomane, il avait trouvé la personne qui lui convenait. Andrea et lui étaient faits pour s'entendre !

Après le thé, Mollie a noué un tablier propre autour de sa taille et commencé à préparer le dîner. Pendant ce temps, j'ai débarrassé tasses et soucoupes et fait la vaisselle. J'allais ranger la dernière assiette, lorsque Pettifer surgit dans la cuisine, une énorme clef à la main — comme s'il allait déverrouiller la porte d'un château fort.

— Je savais bien qu'elle était rangée en lieu sûr. Finalement je l'ai retrouvée au fond d'un tiroir, dans le bureau du Commandant.

— De quoi s'agit-il, Pettifer ? demanda Mollie.

— De la clef de l'atelier, madame...

— Mon Dieu, que veux-tu en faire ?

— C'est moi qui en ai besoin, expliquai-je aussitôt. Grenville m'a dit de choisir une toile avant de repartir à Londres.

— Ma pauvre, je vous souhaite bon courage ! Il doit y avoir un désordre incroyable et cet endroit n'a pas vu la lumière du jour depuis dix ans.

Je pris la clef qui me sembla lourde comme du plomb.

— Ça ne me dérange pas.

— Vous devriez remettre votre visite à demain matin. Il fait déjà presque nuit.

— Il n'y a pas d'éclairage électrique ?

— Si, bien sûr, mais cette pièce est lugubre et glacée !

— Ça ira. Je vais prendre mon manteau. (J'étais trop impatiente pour attendre une seconde de plus.)

— Prenez aussi la lampe-torche, sur la table du vestibule. Le chemin à travers le jardin est raide et glissant.

Emmitouflée dans mon manteau de peau et armée de la lampe-torche, je sortis aussitôt par la porte donnant sur le jardin. Un vent humide et froid soufflait toujours et je dus m'arc-bouter pour la refermer derrière moi. Cet après-midi maussade sombrait déjà dans l'obscurité, mais il faisait encore assez clair pour que je trouve ma voie. Grâce au faisceau lumineux de la lampe-torche, je parvins à introduire ma clef dans la serrure rouillée.

Elle tourna difficilement. Le battant s'ouvrit avec un grincement sinistre. Une odeur de poussière et de moisi me prit à la gorge et j'entrevis des toiles d'araignée. A tâtons, j'atteignis le commutateur et une unique ampoule, suspendue dans les hauteurs, répandit aussitôt une lumière irréelle et glacée. Les ombres dansaient autour de moi, car le courant d'air balançait l'ampoule au bout de son fil électrique comme le balancier d'une horloge.

Dès que j'eus refermé la porte, la valse des ombres se calma. Autour de moi, des formes poussiéreuses surgissaient dans les ténèbres. De l'autre côté de la pièce, j'aperçus une lampe à pied, avec un abat-jour de guingois. Je fis quelques pas pour l'allumer, et tout me parut aussitôt moins sinistre.

L'atelier était construit sur deux niveaux, avec, du côté sud, une mezzanine à laquelle on accédait par une sorte d'échelle de bateau. Après avoir gravi quelques échelons, j'aperçus un divan, recouvert d'un tissu rayé, sous une fenêtre aux volets hermétiquement clos.

L'oreiller perdait ses plumes — une souris en maraude était passée par là ! Dans un coin gisait un oiseau mort, complètement desséché.

Frissonnant d'angoisse à ce spectacle, je redescendis dans l'atelier.

Le vent faisait vibrer d'un bruit métallique l'immense verrière du côté nord. Une machinerie compliquée de cordes et de poulies actionnait de longs rideaux ; après une tentative pour les ouvrir, je dus m'avouer vaincue.

Au milieu de la pièce trônait une estrade, sur laquelle une forme — dissimulée sous un drap — n'était autre qu'un fauteuil doré et surchargé d'ornements. Les souris s'étaient attaquées au velours rouge du siège, éparpillant sur leur passage des brins de crin, parmi des montagnes de poussière.

Sous un autre drap, je découvris tout l'attirail nécessaire à Grenville ; pinceaux, tubes de peinture, palettes, couteaux, flacons d'huile de lin et toiles vierges que l'âge avait ternies. Il y avait aussi une collection d'objets hétéroclites — des broutilles qui avaient sans doute éveillé son inspiration. Un galet poli par la mer, une demi-douzaine de coquillages, quelques plumes de mouette servant à nettoyer sa pipe. De vieilles photos aux couleurs fanées complétaient le tout, ainsi qu'une boîte à gingembre, bleu et blanc, remplie de crayons, quelques bouteilles d'encre de Chine, et un reste de cire à cacheter.

Me sentant aussi indiscrète que si je découvrais le journal intime d'un étranger, je remis le drap en place, avec l'intention de m'atteler à la tâche que je m'étais fixée : explorer les séries de toiles non encadrées, alignées face au mur.

Les draps qui les protégeaient elles aussi avaient

glissé à terre. Lorsque mes doigts approchèrent le premier tableau, je sentis le contact des toiles d'araignée, et une énorme bestiole que j'avais délogée fila précipitamment dans l'ombre.

Ce n'était pas une mince affaire ! Après avoir pris les tableaux par cinq ou six et les avoir dépoussiérés, je les ai disposés le long de l'estrade, en orientant vers eux le halo de la lampe branlante. Certains étaient datés, mais ils étaient regroupés sans tenir compte de l'ordre chronologique, et, pour la plupart, je n'aurais su dire quand ni où Grenville les avait peints. J'avais simplement conscience de voir défiler devant moi toute sa carrière et tous ses centres d'intérêt.

Il y avait des paysages, des marines (l'océan par tous les temps), de charmantes scènes d'intérieur, quelques vues de Paris et d'autres qui évoquaient l'Italie. Il y avait aussi des bateaux et des pêcheurs, des rues de Porthkerris, et de multiples esquisses au fusain représentant deux enfants — Roger et Lisa. Mais aucun portrait...

J'avais commencé à faire mon choix en mettant de côté mes œuvres préférées. Lorsque je parvins à la dernière série — une demi-douzaine de toiles, appuyées au bord d'un divan éventré — j'avais les mains gelées et j'étais noire de poussière de la tête aux pieds ; mais j'avais la satisfaction d'arriver au bout de mes peines.

Il restait trois aquarelles et une vue d'un port, quand soudain...

C'était la dernière toile et la plus grande de toutes ! Au prix d'un effort méritoire, je réussis à l'extraire du coin sombre où elle était reléguée et à l'exposer en pleine lumière. La soutenant d'une main, j'ai reculé d'un pas : deux yeux sombres, étirés vers les tempes, me fixaient d'un regard rieur que la poussière n'avait pas terni. La jeune femme avait des cheveux noirs, des pommettes saillantes, et une bouche sensuelle — qui ne souriait pas — mais semblait hésiter au bord du rire. Elle portait la même robe blanche que sur le portrait accroché au-dessus de la cheminée du salon de Boscarva.

Sophia...

Depuis que ma mère avait mentionné son nom, j'éprouvais une véritable fascination pour elle. Le mal que j'avais eu à découvrir son visage avait accru mon obsession, mais maintenant que je l'avais en face de moi, je me sentais comme Pandore après l'ouverture de la boîte fatale. Tous les secrets s'étaient échappés ; il n'y avait plus moyen de les rattraper et de refermer le couvercle !

Je connaissais ce visage. Je lui avais parlé, je l'avais vu sourire et se renfrogner, j'avais vu ces yeux noirs jeter des éclairs de colère, ou pétiller de gaieté.

C'était le visage de Joss Gardner...

11

Maintenant qu'il faisait nuit, l'atelier devenait glacial. Je me sentis pâlir ; mon cœur battait la chamade. Tremblant des pieds à la tête, je fus sur le point de remettre ce portrait en lieu sûr, derrière d'autres toiles, et de le cacher comme un criminel ayant un cadavre sur les bras.

L'idée me vint ensuite de déplacer une chaise et de l'utiliser comme un chevalet pour soutenir le portrait de Sophia. Enfin, j'ai reculé en titubant et je me suis installée sur le vieux divan éventré.

Sophia et Joss...

Sophia, la séductrice, et Joss, ce personnage déconcertant, dont j'avais appris à me méfier.

« Elle est repartie à Londres, elle s'est mariée et elle a eu un enfant. En 1942, elle a été tuée pendant le *Blitz* », m'avait dit Pettifer.

Mais il n'avait fait aucune allusion à Joss, bien que Joss et Sophia aient, de toute évidence, des liens très étroits.

Je repensais à mon *davenport* — le bureau que ma mère voulait me donner, et que Joss cachait au fond de son atelier.

Je crus entendre la voix de Mollie :

— *Je m'étonne de cette passion que Grenville a pour Joss. C'est effrayant ! On dirait que ce garçon l'a ensorcelé.*

Sophia et Joss...

J'avais perdu la notion du temps et je n'avais pas de montre. A cause des mugissements du vent, je ne pus entendre Eliot traverser le jardin. (Il avançait à tâtons, car j'avais emprunté la lampe-torche.) La porte s'ouvrit brusquement, comme poussée par le vent, et l'ampoule du plafond reprit sa danse folle qui me glaça d'effroi. Une seconde après, Rufus bondissait dans la pièce et sautait sur le divan pour se blottir contre moi. Je n'étais plus seule...

Mon cousin Eliot se tenait devant la porte ouverte, et sa silhouette se détachait dans la nuit noire. Il portait une veste de daim, un pull bleu clair et un imperméable jeté sur ses épaules comme une cape. La lumière crue de l'atelier lui donnait une pâleur inquiétante, et ses orbites profondes avaient l'air de deux trous noirs.

— Ma mère m'a prévenu que...

Il s'interrompit : il avait vu le portrait. Incapable de faire un geste tellement j'avais froid, je me dis que de toute façon il était déjà trop tard.

Une fois dans l'atelier, il referma la porte. Les ombres folles se calmèrent progressivement, mais notre mutisme se prolongea un long moment. Je serrais la tête de Rufus contre moi, en cherchant à me rassurer au contact de sa douce chaleur.

Eliot déposa son imperméable sur le dossier d'une chaise et vint s'asseoir près de moi sans quitter des yeux le portrait.

— Bon Dieu, où as-tu déniché ce tableau ? grommela-t-il enfin.

— Dans un coin... Derrière un tas d'autres toiles, ai-je repris en m'éclaircissant la voix.

— C'est Sophia.

— Oui.

— Le sosie de Joss Gardner !

— Ça saute aux yeux !

— Tu penses qu'il est le petit-fils de Sophia ?

— Sans aucun doute.

Confortablement installé, il croisait ses longues jambes élégantes avec un air étonnamment détendu. On aurait dit un critique d'art renommé, assistant en privé à une exposition.

Sa satisfaction manifeste me troublait. S'imaginait-il par hasard que je la partageais ?

— Je voulais connaître le visage de Sophia, ai-je murmuré, mais j'ignorais qu'il y avait ce portrait dans l'atelier ! J'étais simplement venue choisir un tableau, de la part de Grenville, pour le rapporter à Londres.

— Je sais. Ma mère me l'a dit.

— Eliot, c'est un secret que nous ne devons confier à personne.

Il se mit à parler comme s'il ne m'avait pas entendue.

— Un mystère a toujours plané sur Joss. Il a surgi du néant sans crier gare, mais, bizarrement, Grenville était au courant de son arrivée. Il lui a donné du travail et il lui a ouvert les portes de Boscarva. Joss ne m'a jamais inspiré confiance. Et la disparition du bureau — de ton bureau... Tout cela me paraissait louche.

Sur le point d'annoncer à Eliot que j'avais justement retrouvé ce meuble, il me sembla préférable de n'en rien dire, d'autant plus qu'il n'avait pas remarqué mes velléités de l'interrompre.

— Ma mère a parfois l'impression qu'il tient Grenville sous sa coupe...

— Veux-tu dire qu'il le fait chanter ?

— Oui, peut-être, d'une certaine manière... Par exemple, il a pu lui dire : « Je suis le petit-fils de Sophia, que pouvez-vous faire pour moi ? » Pettifer est sûrement au courant ; Grenville n'a aucun secret pour lui.

— Eliot, il ne faudra dire à personne que nous avons découvert ce portrait.

Il tourna la tête vers moi pour me regarder en face.

— Tu parais inquiète, Rebecca. Est-ce à cause de Joss ?

— Non, de Grenville.

— Mais tu as de la sympathie pour Joss.

— Non.

Il protesta d'un air surpris :

— Tout de monde a de la sympathie pour Joss ! On dirait que personne ne résiste à son charme. Grenville, Pettifer... Andrea elle-même paraît folle de lui ! Je suppose que c'est une attraction plutôt physique. Et il m'a semblé que tu allais rejoindre à ton tour le club de ses admiratrices. (Il fronça les sourcils.) Il t'a charmée toi aussi, n'est-ce pas ?

— Plus maintenant, Eliot.

L'air intrigué, il se déplaça légèrement sur le canapé. Il était assis de trois quarts, face à moi, et son bras reposait sur le dossier sculpté.

— Que s'est-il passé ?

A vrai dire, il ne s'était rien passé, mais je ne m'étais jamais sentie vraiment à l'aise en présence de Joss. Toutes les coïncidences qui nous avaient réunis m'intriguaient... Et puis, il avait volé le bureau de ma mère, et il entretenait une liaison clandestine avec cette étrange Andrea. Tout cela mettait mon imagination en éveil.

Eliot attendait une réponse. Je me suis contentée de murmurer, en hochant la tête :

— J'ai changé d'avis.

— Tes sentiments auraient-ils été influencés par ce qui est arrivé hier soir ?

Hier soir... Je me revis avec Eliot, sur la terrasse ensoleillée de la petite auberge, tandis que les deux jeunes gens hissaient leur voile pour aller naviguer dans les eaux bleues de la crique. Et, pour finir, les deux bras d'Eliot se refermant autour de moi, ses baisers, la sensation de perdre l'équilibre et de tomber dans le vide.

Un frisson me traversa. J'avais posé mes mains noires et froides sur mes genoux. Eliot les recouvrit de sa paume.

— Tu as les mains gelées ! s'exclama-t-il.

— Oui, il y a des heures que je suis ici.

— Ma mère m'a dit que tu allais nous quitter.

Il n'était plus question de Joss et j'étais enchantée que nous ayons changé de sujet.

— Je dois partir, Eliot.

— Quand ?

— Demain soir.

— Tu ne m'avais rien dit.

— J'ai pris ma décision ce matin.

— Une décision précipitée !

— Le temps a passé si vite... Il y a bientôt deux semaines que je ne travaille plus.

— Hier, je t'ai demandé de rester.

— Je dois partir.

— Que faire pour te convaincre ?

— Rien. C'est-à-dire que... Je ne peux pas... (Je

bégayais de manière ridicule, mais je me sentais trop lasse pour aborder un pareil sujet de conversation.)

— Resterais-tu... si je te demandais de m'épouser ?

Je dus avoir l'air horrifiée, car il hocha la tête en souriant.

— Allons, pas de panique, Rebecca ! Une demande en mariage n'a rien de choquant.

— Mais nous sommes cousins !

— Ça n'a pas d'importance.

— Mais nous ne... Je veux dire... Tu ne m'aimes pas.

Que n'avais-je pas dit là ! Eliot ne se laissa pas abattre.

— Rebecca, tu bégayes comme une écolière prise en faute... Peut-être que je t'aime, contrairement à ce que tu t'imagines. J'aurais sans doute attendu un certain temps avant de te demander en mariage, si tu n'avais pas précipité les événements en m'annonçant soudainement ton départ. Autant te le dire tout de suite : je souhaite t'épouser. J'ai l'impression que je pourrais te rendre heureuse.

Je me sentis émue malgré moi : personne ne m'avait jamais demandée en mariage, et je trouvais cette offre flatteuse. Tout en écoutant Eliot d'une oreille, mon esprit tournait en rond comme un écureuil en cage.

Je repensais à Boscarva et au terrain qu'Eliot voulait céder à Ernest Padlow.

Tu n'es pas mon seul héritier...

— Ne trouves-tu pas stupide de nous séparer et de repartir chacun de son côté alors que nous venons de faire connaissance et que nous avons tant d'intérêts communs ? reprit-il.

— Tu veux parler de Boscarva ?

Son sourire se figea sur ses lèvres et il haussa un sourcil.

— Boscarva ?

— Parlons franc, Eliot, tu as des vues sur Boscarva, pour une raison ou pour une autre, et tu penses que Grenville pourrait m'en léguer la propriété.

Il prit une profonde inspiration comme s'il se préparait à nier chacune de mes affirmations et il poussa un long soupir en passant la main sur son crâne.

— Tu es réfrigérante. Une vraie Princesse des neiges !

— Il te faut Boscarva pour vendre la ferme à Ernest Padlow, qui y bâtira ses lotissements.

— Oui, admit-il à contrecœur. J'avais besoin d'argent pour faire construire mon garage. Grenville n'a rien voulu savoir. Je suis allé trouver Padlow, qui a accepté, mais il m'a demandé la ferme comme garantie. Un accord sur l'honneur.

— Cette ferme ne t'appartient pas !

— J'avais la certitude qu'un jour elle m'appartiendrait. Grenville était vieux et malade ; ses jours semblaient comptés... Qui eût cru que, trois ans après, il serait toujours parmi nous ?

— On dirait que tu souhaites sa mort.

— La vieillesse est une terrible épreuve. Elle apporte la tristesse et la solitude. A quoi bon s'accrocher à la vie ?

Je ne partageais certainement pas l'opinion d'Eliot. Dans le cas de Grenville, l'âge était synonyme de dignité et de volonté. Je commençais à peine à le connaître, mais je l'aimais déjà. L'idée de sa mort m'était insupportable !

— As-tu un moyen de rembourser Mr. Padlow ? demandai-je en m'efforçant d'avoir les pieds sur terre.

— Oui, en vendant mon garage. C'est d'ailleurs ce qui risque d'arriver.

— Je croyais que tes affaires marchaient bien.

— C'est l'impression que je donne à tout le monde.

— Si tu vendais le garage, que ferais-tu ensuite ?

— As-tu des suggestions à me faire ? (Il me parlait d'un ton indulgent, comme à une gamine lunatique.)

— Je repense à ce Mr. Kemback qui ouvre un musée de l'automobile à Birmingham.

— Quelle mémoire d'éléphant !

— L'idée de travailler avec Mr. Kemback te déplaît ?

— Tu me vois quittant la Cornouailles ?

— A mon avis, c'est ce que tu aurais de mieux à faire. Repartir de zéro. Quitter Boscarva et... ta mère, lançai-je bravement, après m'être interrompue un instant.

Il prit un air interloqué.

— Ma mère ?

— Tu m'as comprise, Eliot.

Il y eut un long silence.

— Je m'aperçois que tu as parlé à Grenville !

— Je l'admets.

— A coup sûr, l'un de nous devra partir — Joss ou moi. Comme on dit dans les westerns : « Cette ville n'est pas assez grande pour nous deux ! » Mais je préférerais que Joss s'en aille.

— Je me moque totalement de ce que fera Joss.

— Si je vendais le garage pour aller travailler à Birmingham, m'accompagnerais-tu ?

— Oh, Eliot...

J'ai détourné mon visage pour me concentrer à nouveau sur le portrait de Sophia : en la regardant, j'avais l'impression que Joss était assis à sa place, en train d'écouter notre conversation d'un air sarcastique.

Puis Eliot a pris mon menton dans sa main et il a tourné ma tête vers lui.

— Écoute-moi, a-t-il dit.

— Je t'écoute.

— On peut se passer d'amour. Tu le sais bien !

— L'amour m'a toujours semblé essentiel.

— Certaines personnes ne connaissent jamais l'amour ; tu es peut-être de celles-là !

Cette idée me fit frémir d'horreur.

— Peut-être, en effet...

— Dans ce cas, reprit-il d'une voix feutrée, pourquoi ne pas accepter un compromis ? Ça vaudrait mieux pour toi que huit heures de travail par jour et un appartement vide à Londres, non ?

Il avait trouvé mon point sensible. J'avais connu si longtemps la solitude que la perspective de ne jamais trouver l'âme sœur me terrorisait. Grenville lui-même m'avait dit : « Tu n'es pas faite pour la solitude. Il te faut un mari, une maison et des enfants. » Tout cela m'était servi sur un plateau d'argent ; je n'avais plus qu'à tendre la main pour prendre ce que m'offrait Eliot...

J'ai murmuré son nom. Il m'a enlacée et il m'a attirée vers lui en embrassant mes yeux, mes joues, ma bouche, sous le regard de Sophia. Mais Sophia n'était plus de ce monde et Joss avait cessé de compter pour moi.

Pourquoi me serais-je préoccupée de l'un ou de l'autre ?

— Il est temps de rentrer, a dit Eliot au bout d'un moment, en me repoussant doucement. Pendant que tu prends un bain et que tu enlèves toutes ces marques noires sur ton visage, je vais sortir les glaçons du réfrigérateur et préparer l'apéritif.

— Oui, soufflai-je à bout de forces. Quelle heure est-il ?

Il regarda sa montre dont le bracelet était encore flambant neuf.

— Bientôt 19 h 30. Nous pourrions passer le reste de la soirée ici, mais il faut malheureusement vaquer à nos occupations !

Je me suis relevée avec difficulté, sans un regard pour le portrait, et je l'ai remis, face au mur, dans le coin sombre et poussiéreux où je l'avais déniché. Puis j'ai regroupé tout autour quelques toiles prises au hasard : en apparence, rien n'avait changé...

Mes rangements terminés, j'ai recouvert les toiles de la housse tombée à terre. Eliot a éteint. Nous avons traversé l'atelier et fermé la porte à clef, puis, à la lumière de la torche, nous nous sommes dirigés vers les marches humides et brillantes de la terrasse, en trébuchant sur les bords invisibles de l'allée ou sur les touffes d'herbe. La maison se dressait devant nous, avec ses fenêtres éclairées derrière les rideaux ; tout autour, le vent grondait parmi les silhouettes squelettiques des arbres dépouillés de leurs feuilles.

— Cette tempête ne va donc jamais finir ! a murmuré Eliot en entrant dans la maison.

Le vestibule me parut chaud et accueillant. L'odeur délicieuse d'un poulet en cocotte embaumait l'air.

Eliot a foncé en direction de la cuisine, tandis que je montais dans ma chambre pour me défaire de mes vêtements poussiéreux et me plonger dans un bain chaud et des vapeurs parfumées. Enfin détendue, j'ai fait le vide dans mon esprit. Je me sentais incapable de penser... Il me sembla que j'allais m'endormir, et probablement me noyer. Mais cette idée ne m'inspirait aucune inquiétude !

Je n'eus pas le temps de m'endormir, car un bruit de moteur — plus fort que le mugissement du vent — parvint à mes oreilles. La fenêtre de la salle de bains était en façade ; comme je ne m'étais pas donné la peine de tirer les rideaux, la lumière des phares se projeta un instant sur les vitres obscures. J'entendis des portières claquer, puis des éclats de voix.

Alarmée par ce vacarme, je sortis à la hâte de mon bain. Revêtue d'un peignoir, j'allais m'engager dans le couloir menant à ma chambre, quand des voix montant du vestibule par la cage d'escalier m'arrêtèrent net.

— ... elle était à mi-chemin, en train de monter la côte, disait une voix inconnue.

— La pauvre petite ! s'exclamait Mollie.

Ses paroles furent interrompues par une cacophonie de sanglots.

— Mon Dieu, comment est-ce possible ? (La voix d'Eliot, à n'en pas douter.)

— Viens t'asseoir près du feu, tu n'as plus rien à craindre, reprenait Mollie.

En moins de temps qu'il n'en faut pour le dire, je me suis habillée, j'ai boutonné mon caftan et brossé mes cheveux. Après avoir mis une couche de rouge à lèvres (deux m'auraient demandé trop de temps) et glissé mes pieds nus dans mes sandales, j'ai couru dans l'escalier en accrochant mes boucles d'oreilles.

Au moment où j'arrivais en bas, Pettifer surgit de la cuisine, le visage défait et un verre de cognac à la main. Il avait oublié de le déposer sur un plateau, ce qui témoignait de la gravité des circonstances.

— Pettifer, que se passe-t-il ?

— Je ne sais pas, mais on dirait que cette jeune fille est devenue hystérique.

— J'ai entendu une voiture arriver. Qui l'a ramenée à la maison ?

— Morris Tatcombe dit qu'il l'a trouvée sur la route de Porthkerris en rentrant chez lui.

— Vous voulez dire qu'elle était *à terre* ? A-t-elle été renversée par une voiture ?

— Je ne sais pas. Sans doute une simple chute.

La porte s'ouvrit à l'autre extrémité du vestibule, et Mollie s'avança vers nous en courant presque.

— Pettifer, je vous en prie, arrêtez de bavarder et apportez-nous vite ce cognac. Ma chère Rebecca, quelle sale histoire ! reprit-elle en me voyant désemparée. Je vais appeler le médecin. (Elle était devant le téléphone, feuilletant l'annuaire sans rien voir, car elle avait égaré ses lunettes.) Cherchez à ma place, voulez-vous ? Le Dr. Trevaskis... Nous avons noté son numéro quelque part, mais je ne le retrouve plus...

Pettifer était reparti. J'ai pris l'annuaire, et, tout en cherchant le numéro, j'ai questionné Mollie.

— Qu'est-il arrivé à Andrea ?

— C'est une histoire vraiment incroyable ! Heureusement que Morris l'a trouvée. Sinon, elle aurait pu rester comme ça toute la nuit. Elle aurait pu mourir...

— Voilà, j'ai trouvé le numéro. Dr. Lionel Trevaskis. C'est le 873 à Porthkerris.

— Merci. En temps normal, je le sais par cœur !

Elle composa le numéro, puis elle se tourna vers moi en attendant la réponse du médecin.

— Allez lui tenir compagnie, Rebecca. Les hommes ne sont vraiment bons à rien dans ces cas-là.

Bien que perplexe, et peu désireuse d'en savoir davantage sur les malheurs d'Andrea, je n'ai pas osé contrarier Mollie.

Le salon me sembla en effervescence. Grenville, songeur, se tenait devant la cheminée, les mains dans le dos, sans dire un mot. Tout le monde, à part lui, s'était regroupé autour du canapé : Eliot avait offert à boire à Morris et ils observaient Pettifer, qui, avec une patience d'ange, essayait de faire avaler quelques gouttes de cognac à Andrea.

Quels que fussent mes sentiments à son égard, je dus admettre qu'elle faisait peine à voir ! Le pull propre et les jeans repassés qu'elle portait au moment de son départ étaient maintenant trempés et imprégnés de boue. Son genou ensanglanté apparaissait à travers une déchirure et lui donnait l'air d'un enfant meurtri. Elle avait perdu une chaussure ; ses cheveux pendaient comme des algues autour de son visage barbouillé de larmes. En m'entendant prononcer son nom, elle tourna vers moi un regard pathétique. Elle avait un énorme bleu à la tempe, comme si on l'avait sauvagement frappée, et la croix celtique qu'elle portait habituellement autour du cou avait disparu — peut-être arrachée au moment où elle se débattait contre son agresseur.

— Andrea !

Elle poussa un long soupir en se soulevant pour appuyer son visage contre le dossier du canapé. Ce mouvement arracha le verre des mains de Pettifer et le cognac se répandit.

Exaspéré, le fidèle domestique, qui n'avait jamais éprouvé de sympathie pour Andrea, ramassa le verre et sortit dignement de la pièce.

— Je ne veux pas en parler ; je ne veux pas ! se lamentait Andrea.

— Il le faut, murmurai-je.

Je m'assis au bord du canapé, à côté d'elle, en la prenant par les épaules.

— Quelqu'un t'a attaquée ?

— Oui, Joss ! (Elle tremblait de tout son corps et hurlait comme si elle me croyait sourde.)

Puis elle a éclaté à nouveau en sanglots. J'ai levé les yeux vers Grenville, qui m'a lancé un regard glacial et inexpressif. Son visage avait l'air sculpté dans le marbre.

Ne pouvant attendre aucune aide de sa part, je me suis tournée vers Morris Tatcombe qui sautillait d'un pied sur l'autre.

— Où l'avez-vous trouvée ?

Il était habillé comme pour une virée en ville : blouson de cuir, brodé d'emblèmes variés, jeans moulants et bottes à talons. Malgré la hauteur de ses talons, le sommet de son crâne atteignait à peine l'épaule d'Eliot, et ses longs cheveux raides, trempés de pluie, pendaient lamentablement.

Il bombait le torse d'un air à la fois agressif et suffisant.

— Elle était sur la côte de Porthkerris. Vous savez, là où la route se rétrécit et où il n'y a plus de trottoir. A moitié sur le bord, à moitié dans le fossé. Encore une chance que je l'aie vue ! J'ai cru qu'une voiture l'avait renversée, mais c'est pas du tout ça. Elle s'est disputée avec Joss Gardner, à ce qu'il paraît.

— Il l'a emmenée au cinéma.

— Je ne sais pas comment ça a commencé.

— En tout cas, nous savons comment ça s'est terminé, observa Eliot gravement.

J'allais objecter qu'il nous fallait d'autres explications, lorsque Andrea m'interrompit d'un long gémissement, comme une vieille femme à une veillée mortuaire.

— Vas-tu te taire ? (Perdant patience, je l'avais

secouée par les deux épaules. Sa tête rebondit mollement sur le coussin de soie, comme celle d'une poupée de chiffon.) Arrête de te lamenter et dis-nous ce qui est arrivé.

Les mots jaillirent de sa bouche déformée par les larmes. Elle n'a pas de dents cassées, remarquai-je alors en me reprochant mon cynisme.

— Je... nous... sommes allés au cinéma... Et ensuite, dans un pub, et...

— Quel pub ?

— Je ne sais pas.

— Tu dois bien avoir une idée sur la question ! m'exclamai-je en haussant le ton malgré moi.

— Il ne faut pas la rudoyer, chuchota Mollie que je n'avais pas entendue revenir.

Je fis un effort pour me radoucir.

— Tu ne te rappelles pas où vous êtes allés ?

— Non. Il faisait nuit. On n'y voyait rien. Et puis...

— Et puis ?

— Joss a bu beaucoup de whisky, et il ne voulait pas me reconduire ici. Il voulait m'emmener... dans son appartement... et...

Ses larmes lui donnaient un visage hideux. N'y tenant plus, j'ai cédé ma place à Mollie, qui s'est adressée à sa nièce d'une voix tendre et maternelle.

— Allons, Andrea, tu n'as plus de souci à te faire. Le médecin arrive tout de suite et Pettifer va te préparer une bonne bouillotte bien chaude. Tu nous raconteras plus tard ce qui t'est arrivé.

Sans doute calmée par la présence de Mollie, Andrea sembla vouloir en finir avec son récit — dont elle nous gratifia, avec force sanglots et gémissements.

— Je ne voulais pas aller chez lui. Je l'ai quitté... pour rentrer à la maison. Mais il m'a suivie... Je courais, et puis j'ai trébuché et j'ai perdu ma chaussure. Il m'a rattrapée... et il s'est mis à crier. J'ai crié moi aussi, alors il m'a frappée...

L'horreur et la consternation se lisaient, à divers degrés, sur tous les visages autour de moi. Grenville semblait pétrifié de colère et incapable de dire un mot ou de faire un geste.

— Très bien, dit enfin Mollie d'une voix atterrée. Tout va s'arranger. Viens t'allonger dans ta chambre.

Avec son aide, Andrea parvint à se lever, mais elle tenait à peine sur ses jambes. Morris la retint juste à temps et la souleva dans ses bras frêles avec une force surprenante.

— Morris va te porter, reprit Mollie en s'approchant de la porte. Par ici, Morris, s'il vous plaît.

— Très bien, grommela Morris qui n'avait pas le choix.

Il fit un pas, et mon regard croisa un court instant celui d'Andrea. Une lueur de défi brillait dans ses yeux : j'eus la certitude qu'elle m'avait menti... et qu'elle savait que je n'étais pas dupe.

La tête appuyée contre la poitrine de Morris, elle fondit à nouveau en larmes et la porte se referma derrière eux. Les pas pesants de Morris résonnèrent à travers le vestibule, puis dans l'escalier.

— Quelle sale histoire ! dit alors Eliot, avec un air lourd de sous-entendus. J'appelle tout de suite la police ?

Grenville, à qui s'adressait cette question, réagit enfin.

— Il n'est pas question d'appeler la police !

— Vous n'avez tout de même pas l'intention de le laisser s'en tirer comme ça ? protesta Eliot.

— Elle mentait (J'avais parlé à la manière d'un automate.)

Grenville — plus imposant que jamais — et Eliot se tournèrent vers moi comme un seul homme. Ce dernier me regardait en fronçant les sourcils.

— Que dites-vous ?

— Une partie de ce qu'elle raconte est exacte ; presque tout, je suppose. Et pourtant, elle ment.

— Comment est-ce possible ?

— Elle a un faible pour Joss ; ça n'est un mystère pour personne, Eliot ! Elle ne le lâche pas d'une semelle, et elle m'a dit elle-même qu'elle allait souvent chez lui. Pour une fois elle ne mentait pas, car elle m'a fait une description rigoureusement exacte de son appartement... Je ne sais pas ce qui s'est produit ce soir, mais je peux affirmer que si Joss avait voulu l'emmener chez lui, elle y serait allée sans se faire prier — et plutôt deux fois qu'une.

— Et cet énorme bleu sur son visage ?

— Certains points restent à éclaircir, mais j'ai la certitude qu'elle ment.

Grenville, qui était resté debout depuis un moment, s'approcha de sa chaise et s'assit avec précaution.

— Nous pouvons avoir le fin mot de l'histoire, déclara-t-il.

— Comment ? (La question d'Eliot avait fusé comme une flèche.)

Grenville tourna la tête et plongea son regard dans celui d'Eliot.

— Il suffit de questionner Joss.

— Peuh ! s'exclama Eliot, comme l'aurait fait un personnage de roman démodé.

— Nous le questionnerons et il nous dira la vérité.

— Il en est incapable !

— De quel droit dis-tu cela ?

— Bon Dieu, il faut vraiment vous mettre les points sur les i pour que vous compreniez ! s'emporta Eliot.

— Je te prie de baisser le ton.

Eliot se tut ; il fixait son grand-père d'un œil incrédule et écœuré. Quand il reprit la parole, sa voix n'était qu'un imperceptible chuchotement :

— Je ne peux plus supporter Joss Gardner. C'est un hypocrite, un voleur et un menteur. Je me suis toujours méfié de lui, et je vous assure que je n'ai pas tort. Vous finirez bien par vous en apercevoir ! C'est entendu, cette maison vous appartient, mais je ne supporte pas sa manière de tout régenter sous prétexte qu'il est...

Je devais absolument le faire taire.

— Eliot ! (Il se tourna vers moi comme s'il avait oublié ma présence.) Eliot, pas un mot de plus !

— D'accord, je n'en dirai pas plus pour l'instant, grommela-t-il en vidant d'un trait le fond de son verre.

Comme il se reversait un whisky, Morris réapparut dans la pièce.

— Je m'en vais, lança-t-il à la cantonade.

— Va-t-elle mieux ? demanda Eliot en se tournant vers lui.

— Elle est dans sa chambre ; votre mère s'occupe d'elle.

— Encore un verre avant de nous quitter ?

— Non, je dois partir !

— Nous te sommes infiniment reconnaissants, Morris. Que serait-il arrivé sans toi... ? (Sa phrase interrompue évoquait de sinistres visions d'Andrea mourant de froid ou de fatigue, ou bien perdant tout son sang.)

— Une chance que j'aie été là !

Il recula d'un pas, visiblement impatient de retrouver sa liberté, mais ne sachant pas très bien comment s'y prendre.

Eliot vint à son secours, après avoir reposé son verre sur la table et rebouché la carafe.

— Je te raccompagne.

— Salut, tout le monde, grommela Morris avec un vague signe de tête.

Grenville s'était relevé avec dignité.

— Nous vous remercions de tout cœur, Mr. Tatcombe, et nous vous sommes très reconnaissants. Pourriez-vous avoir l'obligeance, néanmoins, de bien vouloir garder pour vous le récit de cette jeune fille ? Au moins jusqu'à ce que sa version des événements ait été authentifiée.

Morris prit un air sceptique.

— Quand un bruit se met à courir...

— Il est inutile de vous en mêler !

— C'est vous que ça regarde !

— Exactement, Mr. Tatcombe, ça *nous* regarde.

Sur ce, Eliot entraîna Morris vers la porte.

Grenville se rassit d'un air las en passant la main devant ses yeux. De telles scènes n'étaient sûrement pas bonnes pour lui.

— Comment vous sentez-vous ? demandai-je.

— Ça va bien.

J'aurais aimé me confier à lui ; lui révéler ma découverte au sujet de Sophia. Mais, si nous devions parler à cœur ouvert, il lui appartenait de prendre l'initiative... Je lui ai donc offert une boisson, qu'il a refusée, et je suis allée remettre en ordre les coussins sur le canapé.

Au bout d'un moment, Eliot réapparut, l'air ragaillardi. Il semblait avoir totalement oublié sa récente altercation avec son grand-père lorsqu'il leva son verre à la santé de ce dernier.

— Ce garçon nous a rendu un fier service, dit Grenville. Espérons que nous serons un jour en mesure de régler notre dette.

— Ne vous faites pas de souci pour Morris, plaisanta Eliot, il ne se laissera pas oublier ! Et maintenant, si nous passions à table ? Pettifer m'a annoncé que le dîner était prêt.

Mollie resta au chevet d'Andrea pendant que nous dînions. Au milieu du repas, le médecin arriva. Je l'entendis monter dans la chambre, guidé par Pettifer, puis redescendre avec Mollie dans le vestibule. Quand il fut parti, elle vint nous rejoindre dans la salle à manger pour nous donner des nouvelles.

— Elle a eu un gros choc, évidemment. Il lui a donné un calmant et il lui conseille de garder la chambre pendant un ou deux jours.

Eliot fit asseoir sa mère qui paraissait bouleversée et à bout de forces.

— Quelle histoire navrante ! reprit-elle. Je me demande comment je vais annoncer tout cela à ma sœur.

— N'y pense plus jusqu'à demain, suggéra Eliot.

— Cette pauvre enfant, elle n'a que dix-sept ans ! Et Joss, quelle idée a bien pu lui passer par la tête ?

— Il avait sans doute bu.

— Oui. L'alcool et la violence...

Nous nous taisions, Grenville et moi. Cette conspiration contre Joss me navrait, mais je ne fermais pas les yeux pour autant sur les actes impardonnables qu'il avait commis. La vérité finirait sans doute par se faire jour lorsque Grenville l'interrogerait. D'ici là, je serais sans doute repartie à Londres.

Et si je changeais d'avis... Tout en grappillant distraitement mon raisin, je me dis que je prenais peut-être mon dernier dîner à Boscarva. Quel était mon désir ? Je me trouvais à la croisée des chemins et l'heure du choix allait bientôt sonner.

L'allusion d'Eliot à un « compromis » m'avait choquée. Mais, après cette soirée dramatique, ses paroles me semblaient empreintes d'un solide bon sens.

Tu es faite pour avoir un mari, des enfants...

Je tendis la main vers mon verre de vin, et, en levant les yeux, j'aperçus le regard d'Eliot braqué sur moi — un regard d'intense jubilation. Au moment même où je songeais à accepter sa demande en mariage, peut-être s'imaginait-il que ma décision était déjà prise.

Nous prenions le café dans le salon, assis au coin du feu, lorsque le téléphone sonna. Eliot était affalé dans son fauteuil, un verre dans une main et son journal dans l'autre. Il s'attarda si longtemps que Pettifer finit par prendre la communication. Je l'entendis traverser le vestibule d'un pas traînant. La sonnerie cessa, et, machinalement, je vis l'heure sur la pendule de la cheminée : bientôt 10 heures moins le quart.

Tout à coup la porte s'ouvrit et Pettifer passa la tête. Ses lunettes scintillaient à la lumière de la lampe.

— Qui est-ce ? demanda Mollie.

— C'est pour Rebecca.

— Pour moi ?

— Qui peut t'appeler à pareille heure ? demanda Eliot.

— Je n'en ai pas la moindre idée.

En sortant du salon, je me posais mille questions. Était-ce Maggie, pour me parler de l'appartement, ou bien Stephen Forbes ? Je me sentais coupable de ne pas lui avoir fait part de mes intentions ; peut-être voulait-il savoir quand je comptais rentrer à Londres et me remettre au travail.

Je m'assis sur le coffre du vestibule avant de prendre le combiné.

— Allô, qui est à l'appareil ?

J'entendis une petite voix fluette, qui semblait venir du bout du monde.

— Miss Bayliss, nous passions par hasard et nous l'avons trouvé à terre... Alors mon mari a dit... Enfin, nous l'avons monté là-haut dans son appartement. Je ne sais pas ce qui s'est passé. Il était couvert de sang et presque incapable de parler. Nous voulions appeler le médecin... Il a refusé. Il dit que ça ira, mais ça nous effraye de le laisser seul...

Il me fallut un certain temps pour réaliser que mon interlocutrice n'était autre que Mrs. Kernow : elle m'appelait de la cabine téléphonique, au bout de Fish Lane, pour me dire que Joss avait eu de graves ennuis.

12

A ma grande stupéfaction — et à mon non moins grand soulagement — je me sentais parfaitement calme ; comme si je m'étais préparée à cette crise et aux décisions qui s'imposeraient à moi. C'était l'évidence même : je devais aller au secours de Joss sans perdre un instant.

J'ai filé dans ma chambre pour attraper mon manteau, et je suis redescendue sans prendre la peine de le boutonner. Mollie avait laissé la clef de sa voiture sur un plateau de cuivre, au milieu de la table du vestibule.

J'allais saisir cette clef, quand la porte du salon s'est ouverte. Eliot a bondi vers moi. J'avais le sentiment que personne, pas même lui, ne pourrait faire obstacle à ma volonté.

— Où t'en vas-tu comme ça ? m'a-t-il demandé en voyant mon manteau sur mes épaules.

— Je sors.

— Qui t'a téléphoné ?

— Mrs. Kernow.

— Ah oui ?

— Joss est blessé. Elle revenait par la route du port avec son mari, et ils l'ont trouvé en piteux état.

— Et alors ? (Il avait une voix froide et impassible, qui aurait dû m'intimider mais n'en fit rien.)

— J'emprunte la voiture de ta mère pour aller le voir.

— Tu deviens folle ?

— Pas du tout.

Eliot n'a pas pipé mot, mais il a été plus rapide que moi. Tandis que je glissais la clef dans ma poche, il a foncé vers la porte en deux enjambées, et il m'a barré le passage.

— Tu ne sortiras pas. Je m'y oppose formellement !

— Il est blessé, Eliot.

— Et après ? Tu as vu ce qu'il a fait à Andrea. Ce type est pourri, tu le sais bien. Sa grand-mère était une putain irlandaise, et Dieu sait quel père il a eu ! Il n'est qu'un coureur de jupons.

Ces mots, destinés à me choquer, me laissèrent totalement indifférente, ce qui redoubla la fureur d'Eliot.

— Pourquoi veux-tu aller chez lui, Rebecca ? Tu n'en tireras rien de bon, pas même des remerciements ! Laisse-le dans son coin et ne te mêle pas de ses affaires. Tu n'as rien à faire d'un type pareil.

Je le regardais et je l'écoutais sans bien comprendre, mais j'eus tout à coup le sentiment d'en avoir fini une fois pour toutes avec mon indécision. Je me sentais soulagée, comme si mes épaules s'étaient allégées d'un poids immense. J'étais encore à la croisée des chemins, et je doutais encore de mon avenir, mais j'avais au moins une certitude : jamais je n'épouserais Eliot !

Il avait parlé d'un compromis ; à mon avis, il s'agissait plutôt d'une très mauvaise affaire. Certes, il manquait d'énergie et sa réussite professionnelle laissait à désirer — j'avais remarqué ces points faibles et j'étais prête à les accepter. Mais la chaleur de son accueil, son hospitalité et son charme (dont il jouait si bien) m'avaient aveuglée sur son caractère vindicatif et son effroyable jalousie.

— Laisse-moi passer, Eliot !

Il posa ses mains sur mes tempes, en exerçant une pression si forte que ma tête me parut sur le point d'éclater comme une noix.

— Et si je te déclarais maintenant que je t'aime ?

— Tu n'aimes que toi-même, Eliot Bayliss !

— Nous avions dit, il me semble, que tu étais, *toi*, incapable d'aimer.

Sa pression se resserra encore. J'avais la tête en feu, et j'ai dit entre mes dents :

— Le jour où j'aimerai quelqu'un, ça ne sera pas toi.

— Alors, file...

Il m'a lâchée si brusquement que j'ai failli perdre l'équilibre. Puis il a tourné la poignée avec sauvagerie ; la porte s'est ouverte toute grande, et le vent s'est engouffré dans le vestibule comme une monstrueuse créature qui aurait attendu son heure pour s'introduire dans la maison. Dehors, il faisait nuit noire et il pleuvait. Sans un mot de plus et sans un regard pour lui, je me suis précipitée à l'extérieur, avec l'impression que ma vie était en péril.

Il me fallait encore parvenir jusqu'au garage, me débattre avec les portes dans l'obscurité et trouver la petite auto de Mollie. J'avais l'impression qu'Eliot me poursuivait comme un diable furieux, prêt à fondre sur moi pour m'empêcher de partir. Après avoir claqué la portière, j'ai mis le contact d'une main tremblante. Au premier tour, le moteur n'a pas réagi. Avec l'aide du starter, la voiture a fini par démarrer en projetant une grande gerbe de graviers, et j'ai foncé jusqu'à la route, au milieu des flaques d'eau.

Au volant, j'ai retrouvé progressivement mon calme : j'avais échappé à Eliot et j'allais secourir Joss. Je me suis fait un devoir de conduire d'une manière posée, sans céder à la panique et sans risquer un dérapage ou une collision. J'ai ralenti pour ne pas dépasser le cinquante à l'heure, puis j'ai desserré ma main crispée sur le volant. La route noire et luisante de pluie serpentait le long de la colline, et les lumières de Porthkerris se rapprochaient lentement. Je pouvais maintenant penser à Joss.

La marée était à son maximum. Le long du port, j'ai remarqué les lueurs qui se reflétaient dans le sable humide et des rangées de bateaux, à l'abri de la tempête. Des lambeaux de nuages s'effilochaient encore à travers le ciel. Il n'y avait pas grand monde dehors.

Le magasin était plongé dans l'obscurité ; seule une lampe brillait à une fenêtre, en haut de la maison. Après avoir garé la voiture le long du trottoir, j'ai poussé la porte, qui n'a opposé aucune résistance. J'ai fait quelques pas au milieu des copeaux épars sur le sol, en respirant l'odeur du bois ; puis je me suis engagée avec précaution dans l'escalier, à la lumière du réverbère.

Au premier étage, j'ai appelé Joss. N'obtenant pas de réponse, j'ai continué à avancer dans la pénombre. Le feu était éteint ; il faisait très froid et j'entendais le martèlement monotone de la pluie sur le toit.

— Joss ! ai-je répété.

Il était sur son lit, allongé sous une couverture, son avant-bras replié devant les yeux comme pour se protéger d'une lumière trop vive. En entendant du bruit, il a soulevé légèrement la tête pour voir ce qui se passait.

— Mon Dieu, Rebecca !

Je me suis approchée de lui.

— Oui, c'est bien moi.

— J'ai cru rêver en entendant votre voix !

— Je vous ai appelé, mais vous n'avez pas répondu.

Il faisait peine à voir avec sa pommette gauche tuméfiée et son œil à demi fermé. Un filet de sang avait séché au coin de sa lèvre ; les articulations de sa main droite semblaient à vif.

— Que faites-vous ici, Rebecca ? (Il parlait d'une voix pâteuse, peut-être à cause de sa lèvre fendue.)

— Mrs. Kernow m'a téléphoné.

— Je l'avais priée de ne rien dire.

— Elle s'inquiétait à votre sujet, Joss. Que s'est-il passé ?

— Je me suis fait attaquer par des voyous.

— Avez-vous d'autres blessures ?

— Oui, j'en suis couvert.

— Voyons, un peu...

— Mr. et Mrs. Kernow ont déjà pris soin de moi.

Penchée vers lui, j'ai soulevé doucement la couverture. Il était torse nu, mais emmailloté avec soin, sous la ceinture, dans des bandes de tissu provenant sans doute d'un vieux drap déchiré. D'horribles bleus couvraient sa poitrine, et, le long de son côté droit, une tache de sang écarlate suintait sur le linge blanc.

— Joss, qui vous a mis dans cet état ?

Sans prendre la peine de répondre, mais avec une force surprenante, il a levé un bras et m'a entraînée vers lui, de sorte que je me suis retrouvée assise au bord du lit. Tout en me retenant du bras droit, il a tendu la main gauche vers mon épaule et il a défait l'élastique qui retenait ma longue tresse blonde. Puis, du bout des doigts, comme avec un peigne, il a démêlé les mèches : mes cheveux effleuraient sa poitrine à la manière d'un voile de soie.

— Voilà ce dont je rêvais depuis la première fois que je t'ai vue, a-t-il murmuré. Avec ton air de... Comment avais-je dit exactement ?

— Mon air de surveillante en chef d'un orphelinat.

— Exactement ! C'est étrange que tu t'en souviennes.

— Que puis-je faire pour me rendre utile, Joss ?

— Tu peux rester avec moi ; simplement rester, ma chérie.

Il y avait une incroyable tendresse dans la voix de Joss. Lui qui m'avait toujours paru si brusque... J'ai senti mon cœur fondre et mes yeux s'emplir de larmes. Il m'a fait m'allonger près de lui ; sa main a glissé sous mes cheveux, puis s'est refermée sur ma nuque.

— Joss, je vais te faire du mal.

— Ne dis rien. (Sa bouche cherchait la mienne, et il a murmuré :) Me voici en train de réaliser un autre de mes rêves !

Apparemment, aucune de ses blessures — ni ses contusions, ni sa lèvre fendue, ni ses écorchures — ne l'empêcherait d'arriver à ses fins...

Et moi qui avais toujours imaginé l'amour comme un feu d'artifice et une violente explosion de sentiments, j'ai réalisé mon erreur. L'amour avait la chaleur d'un rayon de soleil qui illumine soudainement le ciel. Rien à voir avec ma mère et cette succession infernale de soupirants qui l'avaient courtisée ! Mon cynisme et mes préjugés s'envolaient comme par une fenêtre ouverte ; toutes mes défenses s'effondraient. Joss était l'auteur de ce miracle. Quand il a prononcé mon nom, je n'étais plus la même...

Beaucoup plus tard dans la soirée, j'ai allumé un feu

en empilant du bois flotté. Les flammes dansantes éclairaient la chambre. A ma demande, Joss était resté allongé. Sa tête sombre sur ses avant-bras repliés, il suivait des yeux chacun de mes gestes.

Quand je me suis redressée, les cheveux épars autour de mon visage et les joues rougies par le feu, je nageais dans la béatitude...

— Il faut que nous parlions, n'est-ce pas ? a dit Joss.

— Oui.

— Donne-moi à boire.

— Que veux-tu ?

— Un peu de whisky. Il est dans le placard, au-dessus de l'évier.

— Eau ou soda ? ai-je demandé en allant chercher deux verres.

— Soda. Il y a un ouvre-bouteille suspendu à un crochet.

J'ouvris maladroitement la capsule, qui alla rouler dans un coin sombre. Comme je la cherchais à tâtons, un autre objet luisant et de petite taille, à demi caché sous l'évier, attira mon attention : c'était une croix celtique — celle qu'Andrea portait autour du cou.

Après avoir empli les verres, je revins auprès de Joss et, agenouillée à ses pieds, je lui tendis la croix qui brillait au creux de ma main.

— Regarde ce que j'ai trouvé sous l'évier.

— Qu'est-ce que c'est ? (Son œil enflé l'empêchait de fixer son regard.)

— La croix d'Andrea !

— Andréa ? Qu'elle aille au diable ! Sois gentille, donne-moi des coussins ; je suis incapable de boire mon whisky sur le dos.

Soutenu par des coussins, il parvint à s'asseoir en laissant échapper un gémissement de douleur.

— Où as-tu trouvé cette croix ? demanda-t-il enfin.

— Par terre, je viens de te le dire.

— Andrea est passée ce soir, en revenant du cinéma. Comme je finissais de poser mes étagères en bas, je lui ai dit que j'étais occupé. Elle n'a rien voulu entendre ! Elle est montée ici, et je l'ai suivie en insistant pour qu'elle rentre chez elle, mais elle a refusé de partir. Elle voulait absolument boire un verre, bavarder avec moi... Des tas de bêtises...

— Était-elle déjà venue te voir ?

— Oui, un matin. Comme elle me faisait pitié, je lui ai offert un café. Mais, aujourd'hui, je n'avais pas le temps de m'apitoyer sur elle. Je l'ai priée de me laisser travailler ; alors elle a prétendu que tout le monde la détestait, qu'elle n'avait personne à qui parler, que j'étais la seule personne capable de la comprendre...

— C'est peut-être vrai...

— Quand je vais à Boscarva, je laisse cette malheureuse entrer dans la pièce où je travaille, plutôt que de la chasser avec perte et fracas !

— Et ce soir, l'as-tu mise dehors ?

— Pas réellement. Mais sa manière de débiter des niaiseries et de s'imaginer que je ne demandais qu'à passer la nuit avec elle a tout de même fini par m'exaspérer.

— Comment a-t-elle réagi ?

— Le grand jeu : des cris, des larmes, des accusations ! Elle est devenue vraiment hystérique. Elle m'insultait ; elle m'a même giflé. Alors, je l'ai entraînée vers l'escalier et je lui ai lancé son imperméable et son sac.

— Lui as-tu fait mal ?

— Pas du tout, mais je pense qu'elle a eu peur. Je l'ai entendue descendre les marches quatre à quatre, avec ces horribles galoches dont elle se chausse. Elle a dû trébucher ; il y a eu un fracas assourdissant au moment où elle arrivait en bas, et je lui ai demandé si tout allait bien. Mais elle s'est relevée aussitôt, et elle a filé sans répondre, en claquant la porte derrière elle. J'ai supposé qu'il n'y avait pas de problème.

— Crois-tu qu'elle a pu se cogner en tombant et s'égratigner le visage ?

— Oui, c'est possible. Il y avait un carton d'emballage rempli de vaisselle, au pied de l'escalier... Pourquoi cette question ?

Quand il eut entendu mes explications, Joss émit un long sifflement incrédule. Il semblait furieux.

— La sale gamine ! A mon avis, elle est nymphomane.

— J'ai toujours eu cette impression, approuvai-je.

— Elle me parlait sans cesse d'un certain Danus, en me donnant les détails les plus incongrus sur leur intimité. Mais comment a-t-elle osé prétendre que je l'avais invitée à aller au cinéma avec moi ? Pour rien au monde je n'aurais fait ça ! Et maintenant, où est-elle ?

— Mollie l'a mise au lit et elle a appelé le médecin.

— S'il connaît son métier, il aura diagnostiqué un cas flagrant d'hystérie et prescrit une bonne correction. Ensuite, il n'y aura plus qu'à la renvoyer à Londres pour qu'elle nous fiche la paix.

— La pauvre, je la plains tout de même !

Comme mues par un aimant, les mains de Joss s'étaient posées sur mes cheveux. J'ai tourné la tête et embrassé le dos de sa main, ses articulations lacérées.

— Tu ne l'avais pas crue, n'est-ce pas ?

— Non, pas vraiment.

— Quelqu'un l'a crue ?

— Mollie et Eliot ! Eliot voulait appeler la police, mais Grenville a refusé.

— C'est intéressant.

— Pourquoi ?

— Qui a ramené Andrea à la maison ?

— Morris Tatcombe, le mécanicien d'Eliot ; je croyais te l'avoir dit.

— Morris ? reprit-il, après un silence.

— Qu'y a-t-il de particulier à son sujet ?

— Allons, Rebecca, réfléchis un peu. A ton avis, qui m'a flanqué cette torgnole ?

— Tout de même pas Morris !

— Morris et trois autres types... Je suis allé prendre une bière et un sandwich à *L'Ancre de marine* ; à mon retour, ils se sont jetés sur moi.

— Tu as reconnu Morris ?

— Ça ne pouvait être que lui. Il m'a gardé une dent depuis qu'il s'est attaqué à moi et que je l'ai envoyé valser dans le caniveau. Je pensais que c'était la suite de cette histoire, mais il semble que non.

— Eliot... (Je m'interrompis aussitôt, mais j'en avais trop dit.)

— Oui, Eliot ? reprit Joss.

— Je préfère ne pas parler de lui.

— Morris m'a-t-il agressé sur l'ordre d'Eliot ?

— Je ne sais pas...

— Ça me paraît plausible. Ton cousin me déteste, tu sais.

— Je pense qu'il est jaloux ! Il ne supporte pas ton intimité avec Grenville, et sa sympathie pour toi. Et... (J'ai baissé les yeux en tournant machinalement mon verre dans ma main.) Ce n'est pas tout.

— A ton air, on pourrait s'imaginer que tu viens de commettre un crime. Qu'y a-t-il ?

— Le *davenport*... Je l'ai aperçu ce matin dans ton atelier, pendant que tu téléphonais.

— Je me demandais pourquoi tu étais allée brusquement courir sous la pluie. Qu'a-t-il, ce bureau ?

— Le *davenport* et la chaise Chippendale ; ils viennent de Boscarva.

— Oui, je sais.

Son air imperturbable me surprit.

— Les as-tu pris, Joss ?

— *Pris* ? Je ne les ai pas pris ; je les ai achetés !

— A qui ?

— A un antiquaire qui tient boutique au-delà de Fourbourne. Je suis passé le voir il y a un mois, après une vente aux enchères. J'ai remarqué la chaise et le bureau dans son magasin. A l'époque, je connaissais déjà tous les meubles de Grenville et j'ai tout de suite su qu'ils venaient de Boscarva.

— Qui les a vendus ?

— Ton cousin Eliot, évidemment !

— Eliot ignorait leur existence.

— Bien sûr que non, Rebecca. Ils étaient quelque part au fond du grenier, si j'ai bonne mémoire, et il s'est imaginé que personne ne remarquerait leur disparition.

— Mais pourquoi... ?

— J'ai l'impression de jouer au jeu de la vérité ! Eliot, ma chérie, est couvert de dettes. Ernest Padlow lui a procuré des fonds pour qu'il ouvre son garage. Ça lui a coûté les yeux de la tête, et depuis des mois, il n'arrête pas de perdre de l'argent ! A mon avis, cinquante livres n'auraient été qu'une goutte d'eau dans l'océan ; mais il avait peut-être besoin de liquidités pour régler une dette, miser sur un cheval, ou Dieu sait quoi... Entre nous, je ne le crois pas capable de gérer lui-même ses affaires. Il ferait mieux de travailler pour une tierce personne et de gagner un salaire régulier. C'est un bon conseil que tu pourras lui donner de ma part, un soir, à l'heure de l'apéritif.

— Joss, je n'aime pas tes sarcasmes.

— Tu as raison, mais Eliot me met hors de moi. Je n'ai jamais pu le supporter.

Je sentais confusément que je devais prendre la défense de mon cousin, lui trouver des excuses.

— Il s'imagine que Boscarva lui appartient déjà. Il n'a sans doute pas conscience de... voler.

— Quand ont-ils découvert la disparition des meubles ?

— Il y a quelques jours. Le bureau appartenait à ma mère. Grenville voulait me le donner. Voilà pourquoi on a commencé à le chercher dans toute la maison.

— Dommage pour Eliot !

— En effet.

— Je suppose qu'il m'a accusé de l'avoir pris.

— Oui, dus-je admettre à contrecœur.

— Qu'a dit Grenville ?

— Il te croit incapable de faire une chose pareille.

— Et il y a eu un grand règlement de compte familial ?

— C'est ça.

Joss soupira profondément en déposant son verre vide à côté de son lit. Puis, après un long silence, il écarta sa couverture et fit mine de se lever.

— Joss, calme-toi ! m'écriai-je en bondissant vers lui.

Il me repoussa, avant de se relever avec mille précautions. Aussitôt debout, il me toisa d'un air triomphal ; mais il faisait peine à voir avec sa chair meurtrie, émergeant des bandages, et son jean froissé.

— A l'attaque ! déclara-t-il.

— Que fais-tu, Joss ?

— Si tu me trouves une chemise et une paire de chaussures, je vais m'habiller. Ensuite, on descend, et on file à Boscarva avec ma camionnette.

— Tu n'es pas en état de conduire !

— Rien ne m'arrêtera.

— Nous pourrions prendre la voiture de Mollie.

Il refusa : quelqu'un viendrait la chercher le lendemain ; elle ne courait aucun risque d'ici là.

Renonçant à discuter, je lui ai apporté ses vêtements. Sa camionnette était garée au coin de la rue. Après l'avoir mise en marche, il manœuvra jusqu'à la route en suivant mes indications, car il était trop endolori pour tourner la tête.

Nous avons traversé la ville, dont les rues et les carrefours m'étaient devenus familiers. J'étais assise, les mains croisées nerveusement sur mes genoux et le regard fixe. Il nous restait un dernier point à aborder avant d'arriver à Boscarva. Maintenant ou jamais...

Sans raison apparente, Joss s'est mis à chantonner comme s'il était au septième ciel :

— *« La première fois que j'ai vu ton visage,*
J'ai cru voir le soleil se lever dans tes yeux,
Et le soleil et les étoiles... »

— Joss, je voudrais te parler...

— Un autre squelette dans le placard ?

— Ne plaisante pas !

— Je te demande pardon. Que se passe-t-il ?

— Il s'agit de Sophia, répondis-je, la gorge serrée.

— Sophia ?

— Grenville m'a prêté la clef de son atelier pour que je choisisse une toile de sa part, et j'ai trouvé un portrait de Sophia. Un vrai... Sur lequel on voit son visage... Eliot est venu me rejoindre, et il l'a vu, lui aussi.

Il y eut un long silence. De profil, Joss semblait impassible, les yeux braqués sur la route qui défilait devant lui.

— Je comprends, a-t-il dit enfin.

— Elle te ressemble, ou plutôt tu lui ressembles étrangement.

— Rien de plus naturel ! Elle était ma grand-mère.

— Je m'en doutais.

— Alors, tu as trouvé ce portrait dans l'atelier ?

— Oui. Je comprends maintenant pourquoi tu es venu t'installer à Porthkerris.

— Grenville s'est mis d'accord avec mon père et il m'a donné la moitié des capitaux pour que j'ouvre un magasin.

— Ton père ?

— Tristram Nolan Gardner... Il est antiquaire à Londres, sur New Kings Road. Tu lui as acheté ces deux chaises recouvertes de tapisserie.

— Oui ; je me souviens qu'il a vu mon nom sur le chèque.

— Il lui a suffi de quelques questions pertinentes pour savoir que tu es la petite-fille de Grenville Bayliss — et que tu prenais le train lundi dernier pour la Cornouailles. Comprends-tu ?

— Ensuite, il t'a téléphoné pour que tu viennes m'attendre à la gare...

— Exactement.

— Mais pourquoi ?

— Parce qu'il a été touché par ton air vulnérable. Il voulait que je veille sur toi.

— C'est une histoire à dormir debout !

— Tu ne peux pas savoir comme je t'aime, murmura Joss.

— A cause de ma stupidité ?

— Non, à cause de ta délicieuse candeur. Sophia était le modèle de Grenville, mais aussi sa maîtresse. Mon père est né peu après qu'ils se soient connus — et longtemps avant la naissance de ta mère. Par la suite, Sophia a épousé un vieil ami, dont elle n'a jamais eu d'enfants.

— Alors, Tristram... ?

— Tristram est le fils de Grenville. Grenville est mon grand-père, et je vais épouser ma « demi-cousine ».

— Pettifer m'a affirmé que Sophia n'avait jamais compté pour Grenville ; qu'elle posait tout simplement pour lui.

— Lorsqu'il s'agit de protéger Grenville, Pettifer est capable de confondre le noir et le blanc !

— C'est vrai ; d'ailleurs Grenville m'a semblé moins discret. Dans un moment de colère il a déclaré à Eliot qu'il n'était pas son « seul héritier ».

— Il a dit ça ?

— Oui, et Eliot s'est imaginé qu'il faisait allusion à moi, sa petite-fille.

Nous étions arrivés au sommet de la côte, laissant loin derrière nous les lumières de la ville. Au-delà des lotissements d'Ernest Padlow se déroulait la ligne sombre de la côte, avec le pointillé lumineux des fermes, et, plus loin encore, la mer immense et noire.

— Joss, ai-je murmuré, tu parles de m'épouser, mais tu ne m'as jamais demandé mon avis !

Tandis que la petite camionnette bondissait sur l'allée menant à Boscarva, Joss a gardé une main sur le volant et posé l'autre sur la mienne.

— Je ne pose pas de questions... En général, je me contente d'affirmer.

Cette fois encore, Pettifer vint nous accueillir. Au moment précis où Joss arrêtait son moteur, la fenêtre du vestibule s'éclaira et il ouvrit la porte comme s'il avait eu un pressentiment de notre arrivée.

Joss sortit de la voiture avec difficulté et au prix de réelles souffrances.

— Mon Dieu, que s'est-il passé ? s'écria Pettifer en apercevant son visage tuméfié.

— Un petit désaccord entre ce cher Morris Tatcombe et moi ! Il ne m'aurait sûrement pas mis dans cet état s'il n'avait été accompagné de trois autres types !

— Comment vous sentez-vous ?

— Ça va, rien de cassé.

Pettifer nous fit entrer et referma la porte derrière lui.

— Bien content de vous voir, Joss, reprit-il, nous venons de passer un sale quart d'heure, nous aussi !

— Comment va Grenville ?

— Bien, apparemment. Il attend dans le salon le retour de Rebecca.

— Et Eliot ?

Pettifer nous regarda tour à tour, Joss et moi, d'un air effaré.

— Il est parti.

— Vous allez nous raconter tout ça, Pettifer.

Assis dans la cuisine, autour de la table, nous avons écouté les explications de Pettifer.

— Après le départ de Rebecca, Eliot est descendu à l'atelier, et il est revenu avec ce portrait de Sophia. Celui que nous cherchions, Joss, et que nous n'avons jamais retrouvé.

— Comment ? m'étonnai-je.

Joss s'empressa de me répondre.

— A l'exception de Pettifer, personne ne sait que je suis le petit-fils de Sophia. Ici, tout le monde a oublié son existence. C'est de l'histoire ancienne, et Grenville ne tient pas à en dire plus !

— Mais pourquoi n'y a-t-il qu'une seule toile sur laquelle apparaît le visage de Sophia ? Grenville a dû faire des dizaines de portraits d'elle. Que sont-ils devenus ?

Joss et Pettifer se regardèrent un moment en silence, et ce dernier finit par prendre la parole.

— Vous savez, Mrs. Bayliss était jalouse de Sophia... Évidemment, elle n'a jamais découvert la vérité, mais Sophia faisait partie d'un univers qu'elle ne partageait pas avec son mari, et dont elle préférait ignorer l'existence.

— Vous voulez dire sa peinture.

— Elle n'a jamais eu la moindre sympathie pour Sophia. Elle lui aurait à peine dit bonjour si elle l'avait rencontrée par hasard en ville ! Le Commandant s'en rendait bien compte, et, pour ne pas froisser sa femme, il a laissé partir tous les portraits de Sophia. Tous... sauf celui que vous avez déniché. Nous savions qu'il était dans les parages, et nous l'avons cherché pendant toute une journée...

— Dans quel but ?

— Pour le mettre à l'abri des regards indiscrets.

— Je ne vois pas pourquoi.

— Grenville voulait garder secrète sa liaison avec Sophia, observa Joss. Je sais qu'il n'en éprouve aucune honte, car il l'a beaucoup aimée. Et il ne craint pas que la vérité apparaisse au grand jour après sa mort. Mais il a une certaine fierté et il a toujours vécu selon des critères auxquels il reste attaché, bien qu'ils nous paraissent vieux jeu. Comprends-tu ?

— Oui, dans un sens.

— Les jeunes d'aujourd'hui croient avoir tout inventé, observa Pettifer d'une voix songeuse. Eh bien, on ne les a pas attendus pour découvrir le libertinage ! Ça a toujours existé ; seulement, à l'époque du Commandant, on procédait avec un peu plus de discrétion.

— Si nous revenions à Eliot ? suggéra Joss, après cette digression que nous avions écoutée sans piper mot.

Pettifer s'efforça de rassembler ses esprits.

— Eh bien, reprit-il, Eliot a fait irruption dans le salon. J'avais beau courir derrière lui, je n'ai pas pu l'empêcher de foncer droit sur la cheminée et de déposer le portrait de Sophia à côté de l'autre. Le Commandant assistait à la scène en silence. Eliot a demandé quel rapport il y avait « entre cette femme et Joss Gardner ». Le Commandant lui a tout expliqué. Il était très calme et très digne. Mrs. Roger a failli piquer une crise de nerfs. Elle a dit que le Commandant les avait trompés depuis des années en faisant croire à Eliot qu'il était son seul petit-fils et qu'il hériterait de Boscarva à sa mort. Le Commandant a répondu qu'il n'avait jamais rien dit et qu'elle avait pris ses désirs pour des réalités. Alors, Eliot lui a demandé, très froidement, quelles étaient ses intentions. Le Commandant a répondu que ses intentions ne regardaient que lui. Et il a très bien fait !

Pettifer avait martelé cette dernière remarque d'un coup de poing sur la table.

— Comment a réagi Eliot ?

— Il a dit que, dans ce cas, toute sa famille pouvait aller *au diable*... Il a ajouté qu'il était maintenant libre de réaliser ses projets. Il a rassemblé quelques papiers dans son porte-documents, puis il a enfilé son manteau et sifflé son chien. On l'a entendu sortir de la maison. Sa voiture a remonté l'allée, et voilà !

— Où allait-il ?

— A High Cross, je suppose.

— Et Mollie ?

— Elle était en larmes... Elle l'a supplié de rester et de ne pas faire de *bêtise*, comme elle disait. Elle s'est tournée aussi vers le Commandant et elle lui a déclaré que jamais elle ne lui pardonnerait. Eliot n'a pas cédé ! Personne — pas même une mère — ne peut arrêter un homme lorsqu'il a décidé de prendre sa liberté.

— Où est maintenant cette pauvre Mollie ? demandai-je d'un ton apitoyé.

— Dans sa chambre. Je lui ai préparé une tasse de thé. Quand je suis entré, elle était devant sa coiffeuse, le visage de marbre.

— Je vais monter lui parler. (Je me suis levée en me félicitant de ne pas avoir assisté à ce drame.)

— Et moi, je vais voir Grenville, a répliqué Joss.

— Dis-lui que je vous rejoins tout de suite.

— Nous t'attendrons !

Livide et les yeux brillants de larmes, Mollie était assise devant sa coiffeuse à fanfreluches. Même en proie au pire chagrin, il ne lui venait pas à l'idée de se jeter sur son lit, de crainte de froisser le couvre-lit ! En m'entendant entrer, elle a levé les yeux et son image s'est reflétée dans le miroir à trois faces. Pour la première fois, j'ai eu l'impression de lire son âge sur son visage.

— Comment vous sentez-vous ? ai-je demandé.

Elle a baissé les yeux en serrant dans sa main un mouchoir trempé de larmes.

— Pettifer m'a tout dit, ai-je repris en m'approchant. Je suis navrée pour vous, Mollie.

— C'est vraiment trop injuste ! Grenville n'a jamais pu supporter Eliot ; il le détestait... Maintenant tout s'explique ! Il a toujours cherché à régenter la vie de mon fils et à s'interposer entre nous. Il critiquait chacun de mes actes.

Je me suis agenouillée à ses côtés et j'ai passé un bras autour de ses épaules.

— Il croyait certainement agir pour son bien, je vous assure !

— Et Eliot, je me demande où il se cache. Il a filé sans même me dire au revoir !

Le départ brusqué d'Eliot semblait l'affecter beaucoup plus que les dernières révélations de Grenville. Cela valait mieux, car, si j'avais le pouvoir de la rassurer au sujet de son fils, je n'avais aucun moyen d'atténuer le coup de théâtre concernant Joss.

— Je pense qu'Eliot est à Birmingham.

Mollie m'a regardée d'un air horrifiée.

— Birmingham ?

— On lui a proposé un emploi dans cette ville. Il est question d'un musée de l'automobile... C'est Eliot lui-même qui m'en a parlé. Il semblait très intéressé.

— Mais je ne peux pas aller à *Birmingham* !

— Voyons, Mollie, il n'en est pas question. Eliot a l'âge de vivre sans vous. Laissez-le partir, et donnez-lui une chance de faire ses preuves !

— Nous ne nous sommes jamais quittés !

— Justement, il est temps de vous séparer de lui ! Vous avez votre maison à High Cross, votre jardin, vos amis...

— Quitter Boscarva ; abandonner Grenville et Andrea... C'est impossible.

— Non, Mollie ! Andrea va rentrer à Londres chez ses parents. Malgré tout ce que vous avez fait pour l'aider, elle est malheureuse ici. Elle se sent seule et abandonnée. Voilà pourquoi vous avez eu tous ces ennuis. Quant à Grenville, je reste avec lui.

Quand je suis enfin redescendue, j'ai déposé le plateau dans la cuisine. Pettifer, assis devant la table, lisait le journal du soir.

Il a levé les yeux, puis il m'a questionnée du bout des lèvres.

— Comment va-t-elle maintenant ?

— Beaucoup mieux ! Elle a décidé de se réinstaller à High Cross ; Andrea rentre à Londres.

— Elle a toujours regretté High Cross ! Et vous, qu'allez-vous devenir ?

— Je reste ici, si vous voulez bien de moi.

Une brève lueur de satisfaction éclaira le visage du vieil homme — sa manière à lui de manifester une joie sans pareille. Je n'ai plus rien dit ; nous nous étions compris.

— Ils vous attendent au salon, a-t-il marmonné en retournant son journal.

Je l'ai laissé se plonger dans la page des courses et je suis allée au salon. Devant les deux portraits de Sophia en robe blanche se découpait la silhouette de Joss, debout au coin du feu ; Grenville était affalé dans son fauteuil. Au bruit de mes pas, ils ont levé la tête en même temps. Un vieillard trop épuisé pour se redresser, et un jeune homme dégingandé, au regard farouche — les deux êtres que j'aime le plus au monde...

Achevé d'imprimer en juillet 1995
par Pößneck en Allemagne
pour le compte France Loisirs

N° d'Édit. : 26574. – N° d'Imp. : 2478. –
Dépôt légal : août 1995

Imprimé en Allemagne